王國

另一個世界（アナザー・ワールド）

vol.
4

吉本芭娜娜

想去別的地方，那地方是和平的吧？
想去另一個世界，這個世界幾近滅絕。

做了數不清的夢，卻看不到光。
想去另一個世界，是我能去的地方。

眷戀大海，眷戀雪，眷戀蜜蜂，眷戀成長的一切。

眷戀樹木，眷戀太陽，眷戀動物，眷戀你們所有的人。

想去別的地方，那地方是和平的吧？
想去另一個世界，這個世界幾近滅絕。

眷戀輕唱所有歌曲的鳥兒，眷戀親吻我久久的風。

在米克諾斯島，初次見到站在石階上的紀諾時，我以為是上帝跟我開玩笑。為了讓我在瞬間以最強烈易懂的方式找回失去的時間，懷念得不覺露出微笑。或者，只是想捉弄一下我在睽違多時的米克諾斯島上思鄉過度。

紀諾的身形、戴著太陽眼鏡、拄著手杖、有一點駝背和有如潔癖少年的五官，讓我想起爸爸。

而那隱隱散發的固執氣息，質感不錯、色澤微妙的棉T搭配布料極佳的休閒褲穿著，則像我法律上的爸爸。

有兩個爸爸雖然奇怪，但這是我人生中自然形成的狀態，我也沒辦法。

而且，他也有點像我的媽媽。

就是那種好像險些冒出冷笑話和傻話搞砸場面的冷冷感覺。

我坐在石階下，明確告訴自己，那個人，絕對不能錯過。無論如何要和他聊聊，說甚麼都好。

他大概是同志，獨自來到這個充滿同性戀人的島上。開口搭訕，會不會剝奪他今晚與有情人的邂逅機會？可是，我真的很想知道，他是甚麼樣的人。

我下午抵達島上，把行李放在法律上爸爸經營的店裡，走下通往市區的石階，途中休息，小口喝著寶特瓶的水。

還沒決定旅館，但我時間很多，觀光季節剛過，島上還有朋友，必要時可以借住，因此很悠哉。

長途飛行中緊繃的身體終於放鬆。

唯有此刻，才是旅行中最幸福的瞬間。

光逐漸變化傍晚的透明度。

我打算經過港口，到小威尼斯看夕陽，但距離夕陽時刻還有一點時間。於是我閑閑坐著，讓身體靜靜融入這裡的透明光線、白色建築和藍得過火的天空中。

就像第一次浸入夏天的海時。

飛機上蜷縮的手腳漸漸適應暖暖的溫度，細胞嘈雜低語，啊，終於來到有海水和光的地方了。身體融入那從小就不停出現的感覺中。那父母深植在我體內、讓我只能這樣活著的長假飢餓感，把我孤零零送到這麼遠的地方來。
我站起來，靠近步履有點艱難走下顛簸石階的他。一個人行動，要認識人很簡單。
「你好。」
我用英語說。
「妳是日本人？」
他說日語。
「是。」
我用日語回答。他咧嘴一笑。
「我們去小威尼斯，找一家店坐下，一起看夕陽吧？我走得慢，勉強能趕上夕陽落下的時間。」
他顯露出不像日本人的開朗笑臉，又讓我想起家人。
「好啊，我幫你拿行李。」

在這裡，遇到孤獨日本人的機率很低。

我也沒深入去想，拎起他的薄薄提袋，並肩緩步而行。那是我們的初遇。

旁人看到，會以為我們是約好見面的朋友。我們是那麼自然地一起離開。

爸爸在他生命的最後階段都坐輪椅，在那之前，也有一段期間拄著手杖，拖著腳走路，我很習慣和腿不方便的人一起行動。即使是在這凹凸不平的石板路上緩步而行。那一切都讓我懷念不已。

我曾和爸爸、爸爸2（我真的這樣稱呼第二個爸爸），還有媽媽，一起走過這條路。

我們好像抬著神轎般，抬著輪椅越過較高的階梯，終於抵達店裡，喘口氣，喝一杯冰涼的飲料。還未成年的我總要比照大人，特地點不含酒精的雞尾酒，和他們一起乾杯，肚子餓得搶著吃下酒的橄欖和乾果，爸爸笑嘻嘻看著那一切的溫柔視線，都一一浮現眼前。

那都是好像隨時可以想起、但不和行動不便的人一起走路時絕對想不起來的事。緩慢前進中，抬頭望見樹枝遮蔽天空的情景。停下腳步時，瞥見白色建築之間深藍海水粼粼發光的景色。呼吸變得緩慢，心情寧靜，感覺像沉入時間的長河中。

費了不少時間，經過港口，上上下下走過狹窄的坡路，穿過櫛比鱗次的各式各樣小店，來到港口對面、店家座椅緊鄰海岸的地區。店前排放的桌椅雖然破舊，但大家想看夕陽的心情勝過一切，毫不在乎地坐著，凝視海上。

夕陽真是厲害的東西，能這樣讓來自不同國家、一切都不相同的人願意在同一時間做同樣的事。就像全世界的人共有的東西一般，像是哆啦A夢和金錢，不對，或許是更厲害的東西。

每當浪花拍岸，濺起的水花打濕岸邊人的衣裳，大家還是笑嘻嘻的。沒有人在意那個。海水充滿活力的律動和聲音，更凸顯出觀看夕陽的臨場感。

我們在岸邊找到位置適當的店家，坐在石板路上的破舊椅子，點了雞尾酒。

紀諾真正的姓是木下。

我叫片岡諾利，雖然奇怪，但真的是我本名。

媽媽生我的時候，正是她和外曾祖母住在沖繩、專心栽植諾利果的時期。媽媽是那種一旦投入一件事情、便完全不想其他事情的類型，因此，毫不猶豫地給我取名為諾利。

媽媽說，諾利果是一種非常好、葉子可以泡茶、果實可製萬能藥的溫和但強悍的植物，雖然味道有點怪。希望妳能像它那樣長大，即使醜一點也沒關係。

我說最後那句話很多餘時，媽媽總是從不同的角度回答我：「那個果實的奇怪模樣，妳看過嗎？像是雪白鬆軟的麵包，坑坑疤疤長滿眼球似的種子。」我說：「沒聽過。」媽媽沒聽見，繼續說：「我那時初遇諾利果，戀愛似的著迷，想不到別的名字，只覺得這世上我最喜歡的東西就是諾利果。」

幸好，我的外表沒有那麼糟糕，但是媽媽的願望很快就應驗在我身上。我知道媽媽是當真的。當我後來領悟媽媽是不希望我遺傳爸爸的虛弱體質，希望我能強壯長大、外表如何都無所謂時，也慶幸有這個奇怪的名字了。

「我們的名字好像接龍造句。」

紀諾說。

對方做甚麼工作？為甚麼從日本來到這裡？都還不敢談。孤獨的旅人在開放的同時也小心翼翼。

彼此的眼睛都在說，因為喜歡這個島，所以一個人來旅遊，現在只要知道這些就夠了。彼此的聲音裡都藏著「現在不要多談」的願望。

坐在比較靠近店面的地方，看著前方面對大海、襯著平靜海面、高高低低的各國各色人頭背影。夕陽還在海平面上方，光漸漸變紅，人們的臉頰都紅通通一片。大家穿著悠閒舒適的薄衣，喝著飲料，聊天說笑，相依相偎。男男女女和家族遊客，都在等待夕陽沉入大海。

「想不到今天不是獨自度過這像節慶般的時間。雖然一個人度過也很幸福。我本來想直接下坡，在停車場那邊看夕陽的。」

我說。

「啊，那個有風車的地方。」

紀諾說。我盯著他淺笑時鼻子擠出皺紋的模樣。

不是喜歡，也不是討厭，只覺得這個人是我認識的人。

從小，在我心底深處，就有一個獨自蹲下的地方。我想，他也是擁有那個地方的人。

雖然每個人都有那樣的地方，但在那個地方特別用力的人，可以從言談和態度輕易知道。

「你來這島很多次了？」

我問。

「嗯，我喜歡這裡，我喜歡這島上的每一天。」

紀諾說：

「過世的太太只和我來過一次，是度蜜月。有關她的回憶，像糖果般到處都有，我每年都來此回味。談這種事情，有點不好意思哩。」

那和我幾乎相同的動機，又讓我一驚。

這世上怎麼有這麼相同的人呢？

「我有一段時期也是每年和家人來，所以，即使一個人也敢來。我們家其他的人說，爸爸死了以後，因為太傷心，不敢來。可是我不同，偶爾會來這島，為了珍重取出一件件有關爸爸的回憶、或哭或笑而來，我一定是個幸福的孩子。」

「我剛才在石階上看見妳的後腦勺，就知道妳是個幸福的孩子。」

紀諾說。我沒要他解釋。

只看到後腦勺，就知道妳是個幸福的孩子。

我像品嚐甘甜清香的水果，細細玩味那句話的意義。

夕陽漸漸變大，我們沉默，凝視著它。

海浪聲音澎湃洶湧。像對微醺的腦袋施展魔法般，陣陣重複。

透明的光包圍整個世界。夕陽將它的美，均等分享給這裡的每一個人。雲的顏色時時刻刻變化，似乎預約了一個即將來臨的美好夜晚。每個人臉上都現出感謝的神情。對他們來說，今天是怎樣的一天？我不知道。但是，應該可以就此重新開始吧，看到這美麗的景色，感受到那不管今天或明天、寂寞與否、聰明與否、暴露度多寡、所有的人都陶醉其中的不可思議時間。

即使心情狂亂的人、正在吵架的情侶，只要身在這裡，也會先看夕陽吧。這樣，就有一點甚麼改變了。瞇著眼睛凝視美麗的橙紅色彩時，獸性的本能會從內心主動做一次全部轉換。每個人都領會那美麗的雲彩光輝是上天贈送的禮物。

夕陽倏地消失在水平線上面一點的雲中瞬間，眾人嘆息，回到原來的世界。看看杯子，再點一杯飲料，絮絮交談。

在這裡看夕陽的回憶，像島上繁複交織如迷宮的道路那樣濃密，在我腦中展開。

每一條小巷、每一家商店、每一棵樹下，我和家人都曾經走過。

感覺到如今近乎解散的我們家人當時緊緊黏在一起的甜膩悶熱肌膚味道。一起擁有那種慵懶至極的感覺，以同樣節奏度過一天高低潮的情景，悠悠甦醒過來。

那段時期把大家緊緊黏在一起的，是年幼的我？年老的外曾祖母？還是身體不自由的爸爸？我不知道。或許恰好是一段家人不能不緊密相助的時期。

對小孩子來說，那種記憶是決定今生幸福與愛好基礎的一輩子束縛的同時，也是隨時能取出的幸福百寶箱。

「跟妳走在一起，感覺得出妳曾經和腳或眼睛不方便的人住過很長的時間。」

紀諾說：

「行走的速度，不過分呵護，配合我和馬路、建築物、人潮的位置狀況，自然變換自己位置的樣子。」

「你過度解釋了。我只是習慣而已。我爸爸眼睛幾乎看不見，長了腦瘤，壓迫到神經，晚年時幾乎不能走路，我從小就常幫他推輪椅。」

我說：

「那個經驗這時候能派上用場，真好。而且，和你走在一起時，鮮明地想起我爸，莫名感到高興。我來這裡，就是為了回憶那些點點滴滴。」

是啊，我都忘了。爸爸的速度就是這種速度，慢慢地走，彷彿世界是如此值得細細品味。我再度咀嚼那份味道，做個深呼吸。每一件事都緩慢舒暢，不必去想以後的事和要去的店家。清風吹拂，隨時看到貓以異乎人潮流動的速度橫過眼前。

清香甜美的空氣像蜜一樣濃稠包圍著我。

「妳父親甚麼時候走的？」

「幾歲啊？四十出頭吧。」

我說：

「現在這個是法律上的父親，我跟他的姓，叫他爸爸2，大概六十歲。」

「聽妳的口氣，好像當時就有兩個父親。」

「我是真的有兩個爸爸啊。」

我說，擠過擺滿繽紛色彩T恤的店前。

「我叫已經過世的親生父親爸爸，叫另外那個爸爸2。爸爸死了以後，還是這樣叫。

「我出生時有很多事情，媽媽和兩個男人住在一起。直到我很大以後，才知道哪一個是我真正的爸爸。不過，我們是很幸福的家庭。以後有機會再告訴你。你呢，腿不好，眼睛看得見嗎？」

「看得見。只是因為陽光刺眼，戴上太陽眼鏡。腿是小時候車禍的後遺症，不拄手杖不好走。

「就因為腿不好，認定自己出不了遠門，於是拚命畫畫，不知不覺畫得很好，能靠這個生活。」

是嗎？他是畫家。我終於明白，他那纖細、帶點女性的感覺，還有鞋子、提袋上沾著一點顏料的原因。

「有需要我幫忙的，儘管說。這島上很多坡路。」

我說，對他不是慢性重病，鬆一口氣。

「不，我不想妨礙妳的旅行，不用管我。」

「我沒有急著要去哪裡。」

我微笑說。

我十歲時，曾和爸爸單獨在米克諾斯島共度兩個星期。

那段回憶在我的生命中是何等重要？如果沒有那些日子，長大以後的我會是如何不同？想起來就有點害怕。

我到現在才明白，我們父女最初也是最後共度的那段時間，是爸爸只關注我、有意將其存在的一切確實傳達給我、為我耗盡了一切的時間。

我還小，不能好好照顧爸爸，但他不曾生氣，沒有抱怨，只是拚命包容我。

直到今天，我還是不知道，究竟是老天的安排，讓我不會對荒誕的父母失望而走到今天這個方向？還是只因為媽媽和爸爸2想一起去米蘭玩？或是爸爸已知來日無多，想製造只屬於父女倆的回憶？所以才有了那段時間。

我的父母不是可以好好談論這種事情的人。他們各有個性，基本上都是隨心所欲、不勉強自己、很像小孩的人。

我只知道一件事。

爸爸2和媽媽都希望能多一天、甚至多一秒的時間陪伴爸爸。他們都打從心底、幾乎像宗教似的認為，爸爸不在以後，他們的人生，根本不存在。

他們大概時時在想，如果可能，就讓時間停止吧。媽媽停下幫爸爸處理事務和做家事的手，爸爸2放下他的工作，只想凝視爸爸。

可是，如果露骨表現出來，會給爸爸體貼別人的心帶來負擔，所以，他們還是努力照常過日子。

那種無奈的悲傷，總是強烈傳達給我。

媽媽和爸爸2想到太陽穴抽痛的程度，拚命告訴他們自己：看，這人今天還活著，明天也還活著吧，就不要多想了。我雖然年幼，也能理解那份緊張感。

與此相反，爸爸只是心存感謝，靜靜做好心理準備，面對可以脫離這副累贅肉體的時刻接近。他低調而確信，雖然對大家抱歉，但該是時候了。

那份心情當然也傳到媽媽和爸爸2身上。

他們要保持開朗的心情，備感辛苦，大概都難以負荷那樣的心情，所以要同時離開一下，暫時忘掉一切吧。

離開的那天早上，他們慌亂得有點超過，行李打包、搭機時間都逼得很緊，衣櫥的門敞開未關，喝到一半的果汁和咖啡還留在陽台，給爸爸一個緊緊的擁抱，撥亂爸爸的頭髮，深深一吻，頭也不回地走出飯店。爸爸2開的車子立刻發動，兩人用力揮揮手，絕塵而去。

他們離開後的旅館大門外，突然變得好安靜，一片耀眼的雪白光芒。眼睛無法逼視的雪白。九重葛的螢光粉紅葉子浮出似的發光，在地面映出漂亮織品般的美麗心型花影。

「好像暴風雨過後。」

爸爸說，彷彿眼睛看得見似的直步向前，靜靜回到陽台上的原來座位，輕輕嘆口氣。

我想，爸爸知道自己的死期。

每天像量體溫一樣，計算生命的剩餘時間。知道還有幾天？今天又少了幾個小時？今天的治療能延長幾個小時？他清楚一切。

他做過一般的放射線治療和服用抗癌劑，但後來都停止了。不是因為那些治療很痛苦，只是希望在最後階段選擇平靜的生活。因此，爸爸直到最後，幾乎都是正常過日子。

雖然有種種蝕骨的疼痛與苦楚，但借助爸爸2事業有關的許多治療師、占卜師、針灸師和整體治療師等人的助力，不太依賴嗎啡，還是讓爸爸驕傲地走完他的人生。

你們知道嗎？雖然我不知道是誰決定的，但我會在這天離開。

他真的在那一天走了。
只有意識昏迷的那兩天住院，然後出院，和家人共度了三天，平靜離去。
「想喝一口霏石做的濃郁味噌湯。感覺昨天的餘味還在嘴裡。」
爸爸對媽媽說。媽媽哭著跑進廚房。
爸爸也對他的戀人爸爸2說：
「好想喝一口冰涼的Prosecco，幫我倒一杯。」
「沒品味，湊在一起吃，亂七八糟。」
爸爸2哭著跑到附近的洋酒店。
我安靜待在屋裡，爸爸蒼白中泛黑的悲傷臉色凝視我，帶著微笑。我覺得不對勁，去找爸爸2和媽媽。
爸爸2和媽媽哭著在廚房準備最後的晚餐。
爸爸真的各喝下一口那古怪的組合，輕輕一笑，失去意識，停止呼吸。爸爸的主治醫生趕來，宣告他的臨終。

我幼小的心靈想著，爸爸讓我看到了這麼美好的結束。就像夕陽，以漸漸進展的氣勢，釋放驚人的力量，光芒四射、昂揚……，就像出生之時，並不像死亡之時。

直到今天，我一喝到氣泡酒，就想起當時的情景，不覺潸然淚下。那個時候，我的舌頭變成爸爸的舌頭，企圖完整想起爸爸在生命最後時刻喝下的那個味道。

至於味噌湯，在那之後喝到有點膩，所以沒有這種感受。不過，如果媽媽死了，我最懷念的肯定是那有一點酸的味道吧。

一心要將爸爸送到擁有一流腦外科醫生的美國醫院的爸爸2，頹喪地哇哇大哭。嘴裡還嘀咕，連這種事都費心到這地步，周到得叫人生氣。

爸爸過世前的兩個星期，和擔任他祕書的媽媽一起照著電腦通訊錄，用電子郵件、明信片或電話通知所有顧客將停止營業。對還有需要的人，介紹爸爸2經紀的其他靈能人士。

他們進行這份作業時……，媽媽戴著眼鏡，紮起髮髻，比平常更樸素的模樣，駝著背，默默看著電腦螢幕。不時起身幫爸爸泡紅茶，按摩爸爸的手，用院子裡種的藥草熬湯給爸爸泡腳。媽媽採摘藥草時總是說：

「請借我力量幫助楓，讓他稍微舒服一些。」

我在這種現實中長大，心中無所謂信不信，只能說，這種咒術在我們家族的世界觀中確實能發揮機能。

這時候的媽媽，把等同於撫養我的力氣投向藥草。人在那一瞬間完全忘記自己的孩子才是最重要的，這情況讓我感到些許落寞。

媽媽一再對幼小的我說：「人對自己的孩子都有特別的感情，知道這種情感後，也能以更好的方式接觸植物了。謝謝妳，小諾利。」我雖然不懂她的意思，但聽到這句話，終於有被媽媽和植物溫柔擁抱的感覺了。

媽媽還說：「植物只要確立了和某一個種的關係，就會一直善待那個種，親密相伴。即使那株植物本體枯死了，它的子孫也不會背叛這份情誼。就連在其他土地生長的同類植物，也會彼此取得連絡，維持與那個種的情誼不變。所以，壽命長久的樹木都具有驚人的力量。」

我也好幾次見識過自己內在的力量和植物結合為一時發生的奇異現象。

但我不敢說真的了解外曾祖母和媽媽身體力行得來的專門知識。

對獨生女的我來說，植物的存在就像兄弟姊妹，太過稀鬆平常，也太自然地得到它們力量的眷顧，反而對它們沒有多大興趣。

我幾乎不生病，連感冒都很少，大概是身邊一直有諾利果的緣故。我和所有的諾利果是姊妹，互相幫助而活。我感謝幫我取這個名字的媽媽。紫錐菊和蜂膠對我特有的感冒和不舒服症狀完全無效。是因為我和諾利果有基本的關係。

不過，遇到流行性感冒和不同類型的身體不適時，其他東西也會突然有效。但在那種時候，諾利果還是我的搖籃，為我做到基本的調整。

因此，比起突然來求藥草茶的人，本來和植物有聯繫的人，藥效更容易發揮。這些人有的是車前草人、戟草人，也有薄荷人、薰衣草人。關鍵是他們在不曾意識到的過去中，是否一直存有、或者接觸過某種植物？

我總是在照顧、親近、讚美諾利果，所以諾利果也依偎著我、幫助我，在這之中，累積了關係性的力量。照顧別的東西和照顧自己這兩件事，在我腦中是完全相同的作用。

我和媽媽他們有點不同，天生具有操縱石頭的魔法。

我覺得，即使是石頭，也一樣可以找到和某人的關係，傳達自己內在的力量，好好誘導那個人和石頭的關係性所產生的力量。

還有，雖然功力不及媽媽和外曾祖母，但她們還是嚴格教我有關咒術的基本知識。

咒語不只是施加於人的壞東西。也有能操縱善意的咒語力量。

我輪流居住的沖繩和東京家裡，都有配合當地氣候建造的植物田、溫室和仙人掌園，擁有那些植物珍寶，是住在那裡的人必須日常性勞動身體、辛勤工作換來。小時候，我羨慕坐在教室裡上學的小孩。因為只有我，腿都比別人粗，而且很黑。

不過，媽媽說出她衷心相信的話語時，總是能讓我安心。最重要的是，媽媽跟植物說話的聲調，蘊含著培育這世上一切的重要力量，我好喜歡。

看著媽媽反覆打電話給許多人，寒暄完後，「請他本人跟您說一下」，爸爸接過電話，聊幾句停業的話。感覺爸爸快要死了這事全都是夢，這不是平常在做的工作嗎？這只是日常的工作風景，他們不是還會一起工作下去嗎？

他們說話時都沒有哽咽，笑嘻嘻的，即使對方是依依不捨的人。當然，是有一點勉強。他們就像一心忘掉不安、只專注此刻的運動選手，不想忽略任何細節而敗給競爭對手。

爸爸的最後一段日子，就以那樣美好的印象留成回憶。

我記得，早上醒來時，他們還在爸爸的房間繼續工作，電腦的鍵盤聲、講電話的聲音、兩人細數回憶的聲音，輕輕響在耳側，確實讓人感到他們的過往。

看到他們那時的樣子，我更深刻體會到爸爸是我的親生父親。

小時候，沒有人提過有關我的出生，但我隱隱知道。在我很年輕的時候，就更深入明白媽媽那本著支持爸爸的不變初衷、有點柏拉圖式的少女天真的愛情和尊敬。

對於爸爸，她肯定從年輕以來都不曾改變。不狎戲這份感情的爸爸也讓人佩服。

他們面對的窗外，楓樹枝葉茂密，搖曳生輝，非常美麗。彷彿也在參與那份工作。也好像守護他們不受外界雜亂的空氣干擾。

爸爸陷入昏迷前，在院子裡焚燒日記時，媽媽強顏歡笑順便烤熟的地瓜，在爸爸死後，還一直放在冰箱裡。我記得媽媽午夜時曾抱著那些地瓜哭泣。媽媽說，我知道，我也有心理準備，但還是傷心啊！

烤地瓜的時候，媽媽是真心認為「還有一天、還有一天」吧。敏感的爸爸很快就會察覺媽媽勉強裝出來的興奮，所以她努力把持自己。那時候的媽媽毅力真是驚人。

媽媽和她那纖細的外表正好相反，相當野性、蠻橫、粗野，好像凡事都半途而廢、反覆無常、放肆任性的壞女人，但是她有小動物般的楚楚可憐。媽媽就像荷葉上滾動的雨滴，擁有某種晶瑩剔透的特質。年輕時一定因為那沒有方向性的隨意閃爍，讓許多人感到不安。

爸爸死後，媽媽像變了個人，安靜下來。不再興奮得超出常軌。或許，她本來就是安靜的人。

但那不是絕望後隨之而來的安靜，而是開朗望著遠方的安靜。當她說出「我抱著雙手抱不完的各種禮物、終於回到自己本來的人生」時，已過了相當長的一段時間。

媽媽總是說，在那一段不是自己人生的時間，所有的時間都奉獻給爸爸，不在乎形象，只能蠻幹，現在能夠靜下來也好。

我和爸爸在米克諾斯島時，住在小洛哈利旅館。是距離我們家所在的鬧區相當遠、有點深入山區、建在陡坡上的簡樸雅致小旅館。

我才十歲，爸爸那時還沒坐輪椅，但是視力很差，走得很慢，任何事情我們都是一陣腳步不一、等待、慌亂後，再合力互助完成。

爸爸2擁有的小屋在小威尼斯旁邊，樓下是媽媽只在夏天經營的店鋪，樓上是住家，裝潢簡單。加設粗重鐵欄杆的敞開小窗下面，直到黎明時分，仍有許多觀光客笑語喧嘩，對平常住在凡事都顧慮別人眼光的日本的我們而言，那種開放的氣氛，是一種享受。每年的假期，一家人就擠在樓上的狹小空間裡度過。

那年夏天，為了讓爸爸行動方便些，米克諾斯的家要進行改裝，不得不暫時空出來。

爸爸2說，希臘人對工作有著異樣的熱心，但基本上不太聽別人的建議，我們的人若是不在，把工作完全交給他們，雖然輕鬆，但絕對會有麻煩。可是預定一個星期結束的工程，進入第二星期後還沒有結束的跡象時，他索性和媽媽一起躲到米蘭。

「俺不去，俺討厭夏天的米蘭，熱死了。你們平常做的東西就很好吃了，俺很滿足，對那裡的美食沒有興趣。」

爸爸說。

爸爸在顧客和我面前，總是謹慎自稱「我」，和媽媽及爸爸2在一起放鬆時才說「俺」。那時的爸爸就像日本到處可見的歐吉桑，反而顯得可愛。

我不在的時候，爸爸很平常地直呼媽媽「妳」，和爸爸2說話也很粗魯，但因為「這對諾利的教育不好」，唯獨在我面前，才用標準語詞，被另外兩人調侃是痴心爸爸。

「我和諾利就留在小洛哈利，偶爾可以回去監督一下工程。」

這句話，決定了一切。

白天時，旅館窗外可以看見蔚藍的地中海和風車。連棟的白色方形建築在陽光下閃亮得幾乎隱形不見。大廳的陰暗和戶外的明亮形成的鮮明對比，每天都驅使我的心奔向大海。可是，對眼睛不好的爸爸來說，無所謂吧。幾乎不提要做這做那的爸爸，最幸福的時間，是在做某件事情的時候吧。能在看不見的地方看到影像的他，總在某個世界穿梭。在一起時，我老是忘記他看不見。因為感覺他甚麼都知道。

媽媽和爸爸2離開的那天，櫃台上還擺著早餐。甜甜的果乾澆上新鮮優格，白麵包和味道清淡也不好喝、卻還要續杯的咖啡。

走下陽台旁邊的樓梯，有個像小池塘的藍色游泳池。有人茫然坐在池畔，有人在游泳，但是非常安靜。大部分是男性情侶。不知道這個島為甚麼能毫無偏見地接納他們。

這些人充斥在街上港口，有很多以他們為對象的時尚商店、俱樂部和酒吧。長袖白襯衫、白短褲配太陽眼鏡，腳下是真皮涼鞋。可以看到很多優雅的同性戀人。雖然也有很多不高雅、穿著邋遢暴露、或是賣弄肌肉只穿著背心的人，但在這裡，女性都乏人一顧。

所以媽媽常說，即使帶著諾利，也很放心，很輕鬆。

多麼好的地方啊。在不敢讓小孩單獨出外行動這件事上，這裡比美國、巴西、墨西哥、甚至更複雜多惡人的日本，要好得太多了。

我雖然覺得那樣說有點過分，日本還是和平安全的，但畢竟是被保護的年紀，沒敢回嘴。

爸爸2、媽媽、大概還有爸爸，都因為是同性戀、又是占卜師、工作地點不限於日本等這些因素，在日本遭到很多白眼。他們在日本時能夠幸福生活的地方，大概只有爸爸住的那個小鎮。所以，故意那樣言語刻薄。

在米克諾斯島，實質上是夫妻的爸爸和爸爸2，比在日本時放鬆多了。看見他們很平常地牽手、擁抱、逛街、依偎，我的感覺也變得有點奇怪，但是也覺得非常自然，心情平靜。

他們在日本時，掩飾的意識很強，走在外面時，只是像朋友之間的照顧。表情僵硬，不太說話。我小的時候，雖然沒有討厭日本、喜歡外國的單純想法，但很喜歡看到爸爸和爸爸2的自然夫妻模樣，還有媽媽自然加入其中的樣子。

「爸，今天一直坐在這裡嗎？去游泳池？還是海邊？」

「諾利是小孩，夏天時有好多非做不可的事情，我這個正在休息的大人就配合諾利吧。」

爸爸說。他看我時，多半是笑瞇瞇的。

像是看著遠方美景的眼神。如果我的心蒙上陰影，爸爸的表情也會有點陰影，但那彷彿看著夕陽的遙遠感覺沒有消失。那是我希望一直留住的視線。承受那個眼神時，我心裡總想著，我必須就這樣留在這世上不可。我心中的爸爸也許說不上純粹，但絕對是天真公正、永遠微笑的人。

「下午太熱，柏油路好燙，不能上街，去海邊好嗎？」

我問。

「好啊，給旅館老闆一點小費，請他開車送我們去海邊。」

爸爸說。

從那天起，去海邊成為我們的日課。

拜託一次後，旅館老闆每天都來問。爸爸並不是那麼想去海邊，但是我想去，只好帶我去。

我獨自努力準備一切。

幼小的我，按照媽媽囑咐過的，把要帶的東西一一裝進防水的大袋子裡。不帶塑膠布，換上泳裝、計算租借遮陽傘和海灘椅的錢，以及午餐和飲料的錢。兩條大毛巾、防曬乳、爸爸的太陽眼鏡、兩人換穿的T恤。手機。忘記其中一項都很麻煩，我認真盤點。

雖然很費事，但事後回想起來，打包去海邊的行李，是這世上最幸福的事情。太陽等著我們，大海等著我們。房間裡光線昏暗，外面卻是一片耀眼的藍。只覺得時間一直流失，心裡好焦急。穿著泳裝在房間裡很不舒服，恨不得快點跳進水裡。

那種感覺真好。

爸爸總是站在大廳悠哉等候。我拿著大包行李，關上房門，快步跑過去，爸爸一把接過我的行李。

「諾利，你的小比基尼好可愛。」

「你看得見？」

「只能看見一點亮麗的圖案，而且，諾利本身也閃閃發光。」

我好高興，低頭看著泳裝的花色。帶著螢光的蘋果圖案。粉紅色的厚底涼鞋。渾身就像成形的夏日幸福。

「老闆的車子在等，走吧。」

我們坐上車子。

車子緩緩駛過旅館旁邊陡峭的下坡路，然後一溜煙越過山丘，直奔海邊。到有海濱小屋的最美麗海灘要十五分鐘。駛過彎彎曲曲的道路，漸漸爬上陡坡，又從高處往下衝的途中，可以看到海灘。黃色地面和乾燥的綠色中，一棟棟白色的房子。海是層層的淺藍、天藍、綠藍和深藍。風很大，我在車中一直按著帽子。窗外的風有點溫熱，帶著潮水和乾燥土壤的好聞味道。

我們在海灘的停車場下車，旅館老闆說四點鐘來接我們。

他接過爸爸給的小費，「好好玩啊！」揮手離去。

戴上墨鏡的爸爸，顯得和海水很不搭調的蒼白，我有點擔心。來到陽光這麼強烈的地方，他的情況會不會惡化？

爸爸察覺我的心思，跟我說：

「雖然陽光被說得好像是壞人，但它是比大部分醫生都要好的良醫。我確信很多病只要曬曬太陽就能痊癒。植物也一樣，放在室內，再怎麼費心照顧，還是奄奄一息，但只要拿到外面曬一天太陽，立刻恢復元氣。」

「可是，人不會進行光合作用啊。」

「所以，一直暴露在陽光下就很糟糕，適度曬曬太陽，就能充分恢復元氣。

不能討厭太陽哦。因為它是宇宙第一好的醫生。尤其是諾利，妳還是小孩子，只想盡情地玩，但是不要到水深的地方。我會跟旁邊那家人說明情況，請他們幫忙照看一下。還有，水很冷時，身體也會冷得不好活動。不要到腳踩不到底的地方游泳。游泳練習還是在旅館的游泳池吧。」

爸爸笑著。

把遮陽傘和躺椅拿到海灘，點了西瓜汁，擦上防曬乳，爸爸戴上耳機聽音樂，我衝進海裡。

米克諾斯的海水極冷。身體接觸時會倒抽一口涼氣。所以水才這麼乾淨吧。幾乎沒有魚，只有丁香魚似的小魚偶爾成群快速游過。

魚群移動時，銀色的光影像鋒利的刀子在海中閃亮。

我更小的時候，曾和媽媽去過法國的布列塔尼。

忘了是去做甚麼，只記得辦完有關藥草的事情後，媽媽說想去看北海滿滿一片的海藻。不知是媽媽看到甚麼書想到的，還是一時興起想去，讓我陪著，反正我們常做那種蕭瑟之旅。寒冷的海、陰霾的天空、古老的城，桌上只有生蠔入菜的鄉土餐館、石板路、老舊的門。媽媽撈起深綠色海藻放入口中輕嚐的奇怪光景。

那地方的海水是冷得讓人不敢下水，但是米克諾斯海水的冷，是不可思議的冷。那絕不反應酷熱空氣的奇異清冷。一入水中，感覺身體的污穢都溶解流走。自己變成海中生物，永遠和這水一起任憑大海激烈揉搓。

和布列塔尼那感覺難以靠近的海不同，在米克諾斯的海裡，感覺像被帶到懷念的地方。透過蛙鏡觀看透明的水中，海沙的模樣像綿延無盡的沙漠。不知身在何處的無垠沙漠。

我感到奇怪，為甚麼沙漠和海底這麼相似？

很多東西都讓我有這樣的想法。像是，海綿如果不是為了擦洗人體，為甚麼生做那種形狀？腦紋珊瑚如果不是要思考，為甚麼生成腦的樣子呢？

我沒有一一問爸爸。但不知怎的，我就是覺得爸爸知道那些事情。他默默知道，只是不說而已。

媽媽和爸爸2是永遠抱持疑問、得到答案後才能忘記世上煩憂而歡欣開朗的人，因此需要帶給他們答案的爸爸，爸爸也從他們得知謎底後的粲然表情中得到開朗天真的力量。

身體泡在水裡冷透後，我匆匆跑過滾燙的沙，坐在爸爸旁邊的沙灘椅上。墊著大毛巾，太陽的熱度很快就烤乾身上冒出來的水。爸爸茫然望著海水，不知是在打瞌睡，還是在聽音樂或有聲書，好幾次轉頭望著我微笑。

那個時候，我們是否真有血緣，我覺得已經不重要了。

爸爸的眼睛總是告訴我，在照顧我的歲月中，一天又一天的親密接觸，吃同一盤子裡的食物，共享同一空間的味道，並細心保護我的，就是父母。不只是媽媽，爸爸和爸爸2都把我當作家人來撫養，我不必顧慮他們，只要在那裡就好。

媽媽把我定義為三人行之後飄然加入的旅伴。

她眼神縹緲地說，雖然是旅伴，但生產的時候痛得要命，早知道是那樣痛，可能就不生了……。

每次聽到這句話，我就一臉悲傷。

不過，媽媽又滿臉帶笑地說，栽種植物習慣了，最喜歡養育，養育在任何時候任何地方，都是最大的樂趣。

我因此放下心來。媽媽是有這點能耐，一舉一動的影響能任意擺弄身邊的人。

我能理解，我不是以孩子的立場，而是以我也能在那裡做些甚麼的存在方式，承受家族的奇異愛情。但我畢竟還是小孩，難免讓人不耐、生氣，但同居人看待夥伴的眼神，總是很溫柔。

身體一曬乾，我就跑到岸邊收集漂亮的貝殼和石頭。

我想用這些東西做項鍊墜子或手環，送給爸爸、爸爸2和媽媽。

石頭是送到媽媽朋友在米克諾斯鎮上的工作坊打孔。我只要看一眼石頭和貝殼，就知道怎麼做才好，這是我天生的稟賦。設計樣式自然而生。如果做得稍有不同，就會封閉石頭和貝殼的力量。我為甚麼會知道？肯定是我內在的問題。我如果對自己說謊，也會確實影響到石頭和貝殼。

「撿到石頭啦？」

爸爸問。

「嗯。」

「讓我摸摸。」

我把渾圓的白石頭放在他手中。

「要用這個做項鍊送給雫石？」

「你怎麼知道？」

「我覺得很搭配，她不適合形狀複雜的亮晶晶東西。」

「對，圓圓的東西適合媽媽。」

「比起植物，妳和石頭、沙子、珊瑚及貝殼處得更融洽些。」

「我雖然也懂植物，但是更喜歡石頭。」

「這樣啊。所以雖然妳也想學，但就是不覺得會接下媽媽的店。雖然一切都還不知道。說不定會嫁到米克諾斯鎮入口的那間串燒店，每天都吃串燒也無所謂，那樣也不錯。這樣吃下去，說不定變成最懂羊肉的專家了。」

我笑了。未來還七彩朦朧地存在於雙手擁抱不盡的大量時間光彩中。甚麼都可能發生，任何光芒都可能綻放。爸爸精確掌握到潛藏在我心底的那種感覺。

嘻笑怒罵揮灑生命的爸爸2和媽媽，在想要理解別人的時候，性情飄忽不定。因此在我心中，分別存有時時因此受傷的自己，以及長大後、理解他們並能曲意配合的自己。

但是，爸爸像是身處平靜閃亮的湖中，那種清澈的感覺，讓人感覺是礦物性的，甚於為圖生存而不斷扎根的植物。

我雖然沒有超能力，但確實遺傳了爸爸的某種特質。

「唔，爸不是我的親生父親吧？我知道不該問，但偶爾還是想知道。」

因為這種只有我們兩人、沒人聽見我們說話的機會實在難得。我心跳加速。

光線突然變亮，刺得眼花。我繼續說：

「如果不是，我覺得也好。」

「不，我是。」

爸爸平靜地說。

「騙人，你說謊，是要安慰我吧？」

過去想問總是被敷衍模糊掉的問題突然清楚得到答案，我很驚訝。

「不，是真的，真的是這樣。」

爸爸面露微笑，平靜的微笑。

「我告訴你這件事，千萬不能讓爸爸2知道哦。我死了以後，也不能告訴雫石。要一直模糊下去。這是只有我們兩人知道的祕密。諾利確實是媽媽和爸爸的孩子，媽媽和爸爸真的想要諾利。」

「嗯、嗯。」

我嘴上答應，莫名的淚水滑落臉頰。

終於放鬆的那種心情。就像光芒呈放射線狀緩緩降下，包圍著我，無論發生甚麼事，都覺得安心的感受。

像是知道來自何處，也清楚將往何處的感覺。

「可是、可是……」

我說，心臟怦怦跳動。有「或許殺人的時候就是這種感覺」的神祕味道，明明是很棒的話題，眼前卻陰暗。

「爸爸2一定也很愛我。」

爸爸咧嘴一笑。

「嗯，那是小孩子的力量。他雖然有許多心結，但是妳來的時候，全部都忘了。爸爸2完全不希望增加家人，所以我和雫石決定，不論花多少時間，也要得到爸爸2的諒解後，瞞著爸爸2，生下妳。

「雫石懷妳的時候，爸爸2氣瘋了，失去理性，不肯原諒我們。他離開很長一段時間，不跟我們連絡。回來後，我們費了很大的工夫說服他，不得不一再說明，我們真的想要有妳。

「爸爸2雖然嘴巴很刻薄，說甚麼討厭小孩啦、嬰兒讓人不舒服啦，而且不是男孩，不能養眼啦，可是妳真的生下來後，他一抱起妳，就感動得流淚，沒五分鐘就跑到小床邊看妳。我原就知道他是那樣單純的好人，實際看到他那模樣後，又有新的感受。見到妳的那天，他內心深處真的有所改變。諾利，如果我不在了，你一定有想殺掉那對神經大條的父母的時候，可是，看在我的面子上，千萬不要和他們斷絕關係，他們是那麼需要妳。」

爸爸像對大人說話似的，斟酌字句跟我說。

我只覺得，今後聽到任何人的任何祕密時，聽到任何驚人的告白時，再怎麼驚慌不安，也不會比現在更驚慌不安，沒有比這更值得隱瞞的事，也沒有比這更幸福的事。

我大概一生都忘不了，此刻眼前的海在發光，腳下的沙滾燙。

「我們現在就要回去囉！帶了一大包生火腿！」

那天下午，媽媽從雅典機場打電話來的時候，我高興之餘，也有點失落。

只有我和爸爸獨處的日子結束了。

每天都去海灘，在海濱小屋吃午飯。

風味沙拉、烤魚、優格、大蒜藥草糊、摻入滿滿冰塊的白酒和氣泡水。那隻貓總是來到腳邊要魚吃。爸爸把魚掰成小塊餵牠。

「今晚一定要盛大慶祝，到鎮上玩到半夜，明天會去別的海灘。也可能來這裡，因為爸爸2已經租了車子。」

爸爸說：

「明年可能來不了，所以多給牠一點魚吃。」

我喜歡爸爸在自己明年可能已不在這世上的身體狀況下還擔心貓的體貼性格。

太陽當頭，又喝了汽水稀釋的葡萄酒，醉意昏昏，透過太陽眼鏡望去的海面更見亮光閃爍。
遮陽傘是細竹竿撐起，被風吹得吱吱咯咯作響，劇烈搖晃。濃密的褐色完全反映在藍天上。
「諾利，這個夏天開始，去媽媽朋友的工作坊進修吧。」
爸爸說，太陽眼鏡鏡片後的眼睛透明發亮。
「嗯，我也想早一點自立。偶爾去的自由學校和沖繩的補習班多半到中學就結束，來這裡也好，但我才十歲，或許還會改變。」
「我覺得到那裡學到扎實的基礎很好。諾利，爸爸不會永遠留在這個世上，所以要講幾件我察覺到的事情。沒有一件要束縛你，只是想讓妳知道。爸爸從來不會主動傳達甚麼。爸爸只是想告訴妳。」
我能拒絕嗎？我含著淚。我知道很多人都討厭有關未來的建議。但是我更想聽到爸爸的聲音。
「任何事情都可以，你說！」

「你在這裡的工作坊進修後，能做出符合自己風格和年齡的美麗作品，那是媽媽沒有、唯獨你有的才能。作品可以拿到媽媽的店和爸爸2那裡販賣。」

「對，那是我的夢想，我認為實現的可能性也高。」

「可是，爸爸還看到另一個不同的景象。我看見你使用黃金、半寶石製作更昂貴的飾品。關於這個，我可以再具體些。我會先寫好介紹信，等妳長大後，想創作更多樣的作品時，帶著介紹信去找爸爸的老朋友，做他的徒弟。

「他是住在法國南部的珠寶設計師，工作坊在尼斯。你在那裡可以學會更精細的金工、鑲嵌寶石和半寶石。為甚麼希望妳去找他？因為他是以地中海的大自然為主題而創作的人，你一定會喜歡他的作品。

「如果你學會了，也能幫助爸爸2擴大事業。你和媽媽不同，雖然有魔法的才能，但是更傾向藝術。媽媽是打從心底喜歡田裡工作的人，外曾祖母也一樣。所以，這個特質……大概遺傳我吧。」

「那個人也用石頭創作嗎？有他作品的照片嗎？」

「嗯，回家後給妳看攝影集。妳在那裡學到技術，一定大有進步，做出和街上那家幸運手環不同的另一種作品。我不是說街上的幸運手環不好，只是適合、不適合的問題。我只是希望妳在設計方面學到更高度的技術，妳也希望這樣吧。」

爸爸說：

「還有，我剛才撫摸貓的時候，眼中有些字句強烈閃現。我覺得說出來比較好，我也想說。因為生在複雜的家庭，青春期以後的妳，在愛情方面相當辛苦，但希望妳別忘記，妳有不輸任何小孩的三位父母的愛，妳會不經由戀愛，和貓國女王的僕人在一起。」

「甚麼嘛，僕人那種人，感覺很不好哩，我也想戀愛。」

我大聲抗議。

「那些字句只是突然閃現，意味著甚麼，我也不知道，爸爸只能說，那個人是好人，你要幫助他。

「他處在乍看之下頗為失落的狀況，事實上他比他的外表更頹喪，沒有活下去的希望。妳會拯救他的人生。他真的很好。看到他時，爸爸不再擔心妳的將來，至於是不是法律意義上的結婚，我真的不知道。

「我還是不太容易看到親人的事情，但妳和那個人並肩走在漂亮的房子裡，觀賞某個景象的畫面好幾次閃過我眼前。是個像洞窟的白色房子，有許多仙人掌守護。」

「是我和那個人的家嗎？」

「不是，是別人的家。建造那棟房子的人的靈魂還守在那個家裡，你們接觸到他時，會掌握到對你們而言最重要的東西。妳是個奇妙的乖孩子，那個人也是看似成熟、生存在世間的憨直之人，你們組合在一起，不會再覺得自己有甚麼欠缺或錯誤。所以，即使認為他像是僕人、是不喜歡的人，也不要馬上放棄。我知道這個忠告有點超過，但我想說出來。身為專業，卻說得這樣零散，或許是因為我對妳的私心所致。」

爸爸觀看我們看不見的影像時，像在追蹤飄浮在空中的蜘蛛絲。逐一把他自己也不明白的影像化做語言。專心一意追蹤那在最後消失的瞬間以前，不知飛到哪裡的某個晶亮影像。

「我如果結婚，有了小孩，還能那樣長期留學嗎？」

我說。用十歲的腦袋思考，那是艱難的問題。

「我沒說這些事情會全部同時來到。和現在的妳說未來的事，我也覺得不對勁，可是爸爸無法活著確定那些事。」

「不要那樣說！」

我認真地說。

「我想看到妳的孩子、孫子、曾孫，我甚麼都想看到，遇到妳以後，我才明白人類一直抱有這種祈求。自己很渺小，希望後來的人不斷超越自己。」

爸爸擦掉眼淚。

「我好喜歡雫石、爸爸2和妳，我沒想到真的能夠擁有一個家庭。年輕時我總以為，這一生將永遠匍匐在地痛苦活著，為別人鞠躬盡瘁，絕望寂寞得流淚。

「想到現在的自己，就高興得不得了，就是馬上死去也行，但我也想一直活著看著大家。這多麼幸福啊！」

我只是眼淚流個不停。

眼前的碗盤模糊，只聽見海浪聲和周圍同性戀人的愉快笑聲。貓還想吃魚，撒嬌地望著爸爸喵喵叫。

爸爸握住我的手說：

「妳要成為很多人的力量，努力去做，就會有充分的回報。爸爸2是企業家，對我評價過高，常要我多上電視、多賺點錢、和別人比高下，但我覺得現在這樣就好。

「傍晚時，那兩人就會熱熱鬧鬧回來了。一定嚷著要到旅館大廳或游泳池邊喝飲料、吃帶回來的生火腿，暢談他們的奇異之旅。

「他們的欣喜眼神輪流看著妳和我時，蘊含著只是想看的心情和愛情。就算在那底層濃濃藏著嫉妒、複雜的情緒，他們也會蓄意讓那些變成好的，以強大的體貼意志將那個部分照向我們。

「他們會說，看！美麗的夕陽把天空染成粉紅色了，良宵可期，出去逛逛吧。走，下山去吧。然後痛飲茴香烈酒到醉，大啖章魚、鮮蝦，或海膽。熱熱鬧鬧的。就像年輕時一樣，抱著想永遠延續這種時光的心情。

「我雖然身體有點不自由，也可以重複塗抹回憶、完成做不到的事情。用回憶彌補我失去的部分。

「這樣就夠了。那是確實已定的近未來。今晚，肯定是這樣無誤。這世上有這麼美好的事情嗎？如果還期望超出這個，那究竟會變成甚麼呢？」

爸爸的聲音像海浪般輕輕流入我耳朵深處，此刻還在繼續流動。就像貝殼靠近耳朵時總讓人想起海的聲音，我也隨時可以把那聲音取出來。

爸爸那時確實很幸福。光是那樣就夠了。也讓我感覺自己擁有了珍寶。

「去吃晚飯吧！」

我和紀諾走在米克諾斯鎮有如蜘蛛網的巷道裡，感覺我們之間的磁力變成更強韌而有決定性的聯繫。

氣溫有點涼，有一些風，緩緩走過還籠罩著白天熱氣的巷道，七拐八彎，上坡下坡，看著接二連三出現的小店美麗光彩，彷彿身在夢幻迷宮。

這是旅行中才有的氛圍，但是很幸福。

如果是在日本相遇，或許是完全不同的感受。但是兩人在一起時，簡短的交談中，許多風景突然逼現眼前，又倏地消失。小店擺放的蜂蜜罐、度假穿的繽紛服裝，看起來更鮮豔。那當然不是想觸摸他、一起睡覺的單純感情。是一種更奇怪的心情，像是在某一天做的夢中。或者，像以前在做甚麼事情的時候。

我帶紀諾去我進修的工作室。

那是一對喜歡日本的工匠夫妻經營的珠寶店，那時還收了一位日本留學生。

她剛從美術大學畢業。我買了一個用蠟造型、精巧製作的銀戒指。

她也是手眼並用、練習到疼痛的地步啊！我幾乎沒有受過日本的學校教育，但是上過各種補習班，爸爸2和媽媽嚴格教我基礎教育和照顧植物，休長假時就住在媽媽的店，來這裡進修。有時候因為我在這裡，媽媽也會過來陪我幾個月。

紀諾坐在長凳上，笑嘻嘻看著我說家人的現況、留學時代的回憶、幫師父按摩肩膀的樣子。

九重葛的藤從店內沿著牆壁爬到高處，茂密的花串彎彎垂下，幾乎掩蓋老舊的長凳，猛然瞥見坐在那裡的紀諾時，彷彿爸爸正在那裡靜靜望著我。我眼中含淚。雖然是有點丟人的戀父情結，但我真的好想念他。

能夠觸摸爸爸、幫他推輪椅的日子，是多麼幸福啊。遇到紀諾後，我鮮明想起那些日子。雖然有再也看不到爸爸的寂寞，但沒有不能再親手觸摸他的哀傷。

我不知道這樣比喻對不對，就像和貓咪長久生活在一起，貓死了以後，一時只能發呆度日，經過一段時間，養了新的小貓，能夠每天撫摸到貓以後，突然想起以前那隻貓的皮毛觸感和味道，懷念不已，發現自己其實很寂寞，只是想不起來……的感覺。

再見，下次再來。

走出店門，紀諾說：

「妳還很年輕，為甚麼在這裡像個老前輩呢？」

「我從十歲開始，每年春天和夏天都在這裡進修，很辛苦耶。」

我說：

「我媽的小飾品店在這附近，那裡有賣我做的東西，要去看看嗎？」

「當然要看，感覺妳的人生多采多姿，聽起來很有意思。」

雖然他的腳可能在痛，拄杖的手也有點紅，但依舊笑容滿面。我有點感動，搶過似的拿起他的行李，緩步走出。

「如果妳就這樣拿著我的行李跑掉，我一定會嚇呆了。」

紀諾說：

「因為腳不方便，我特別小心，在國外時從不讓別人拿我的行李，現在對妳那麼放心，我自己都很訝異。」

「如果我真的跑掉，你到剛才那家店借錢就行了。」

「不是啦，我不是懷疑妳。」

紀諾的臉發紅。我說：

「也沒錯啊，我們才剛認識，是有那種可能性，這世上誰也不知道會發生甚麼事。」

「是啊，不能隨便相信。像妳和我，才剛剛認識，連住在哪裡都不知道。」

媽媽的店在小威尼斯的窄巷裡。掛著粉紅和綠色以及仙人掌裝飾的可愛木雕招牌「LOVE MAGIC」。看店的是媽媽的希臘朋友的女兒，久別重逢，我緊緊抱著她。

「要待到甚麼時候？」

「這次只有兩個禮拜。」

閒話過後，我們聊起甚麼樣式暢銷、現在正缺貨，如果再做，秋季推出哪種款式比較好。我平常都是靠電子郵件接收訂單和她記下的最新款式。現在雖然不是來工作，但既然來了，免不了談到這些。

櫃子裡擺滿我做的手環，晶瑩閃爍。滿好看的石頭搭配原創可愛的銀珠飾品編成的手環，按照戀愛、求財、祈福等用途分別放置。我在日本也接受訂製手環。

在日本接受雜誌採訪後，訂單突然增加，常常很忙。不敢說對爸爸2的公司多麼有貢獻，但銷量穩健，總能養活自己。

「真的不錯耶，不論用色還是設計，男生不能戴這個嗎？」

紀諾坐在店前的小椅子上說。

「不會啊，也有男人用的款式，在那青金石的架子上。」

「那，就海馬的那個。」

我從櫥窗內輕輕拿出青金石和海馬銀飾的手環，套在他粗壯的手腕上。是啊，經常拄著手杖的人手臂肌肉都是這樣發達。我又懷念得瞇起眼睛微笑。

「不知道合不合？」

我說。紀諾站起來，走向打工的女孩，買下手環。

「這是甚麼用途？」

「感應健康。」

「很好，我身上總是這裡痛那裡痛的。」

紀諾得意地抬起手臂笑說。

完全感受不到他有「這根本是幸運符之類的無聊東西，但為了得到這女孩的好感，不得不買一個」的心情。只有天真歡喜、充滿好奇心、教養良好的感覺。也沒有被帶到店裡硬要買一個的不快感覺。

因為很少遇到這種一切都自然流露的人，對他的性格之好，我深感佩服。

對了，他身上會痛？就送些媽媽製的藥草茶給他。就像對親人那樣自然地想到，我自己也很驚訝。心中只剩剛剛認識這一點疙瘩存在，有點匪夷所思。不覺得是剛剛認識，但我對他真的一無所知，或許他只是很會配合別人，但又覺得我們之間有甚麼互通。

「妳那麼年輕，但是人生經驗很豐富。」

紀諾又說一次。

「沒那麼年輕啦，我已經不是小孩子了。只是常常旅行，不太上學，一直和大人生活在一起，所以給人那種感覺。」

在那家以塘鵝出名的餐館外面，我們相對而坐。店裡幾乎客滿，服務生以驚人的速度四處穿梭。

我從小就喜歡看希臘人熱誠工作的樣子。結實的肩膀、毛茸茸的粗壯手臂、酷酷的表情，拿著很多盤子，絲毫不想打混地四處繞轉。看到那模樣，單純得覺得明天也要帶勁地活著。

客人幾乎都是來度假的，沒有拖著日常。那種氣氛完全顯現在縈繞空中的喧囂裡。白色建築間，可以看到星星和月亮。店裡的招牌動物塘鵝，有時走來走去，有時坐著讓翅膀休息。

「我媽就是因為被塘鵝咬到流血的契機，而認識她的初戀情人。」

「太神奇的邂逅了，是在這裡嗎？」

「不是，在日本，日本的仙人掌公園。」

「有那麼稀奇的緣分，所以不交往一下不行囉？」

他雖然老實，但回答總是能夠迅速理解而有機智。我想，他腦筋很好。

我們點了海膽、優格、茄子糊和炭烤鯛魚，還有一壺希臘廉價白葡萄酒。

「方便的話，能告訴我你究竟做甚麼工作嗎？畫圖？」

「可以啊，只是我現在的工作，說出來妳也不會相信。」

紀諾說：

「而且，是被罵招搖撞騙也沒辦法的工作，我自己都還不太相信。」

「只要和犯罪無關，我不介意，你說，我一定相信。」

塘鵝站起來，拍動翅膀，聽到小孩子哇哇大叫的聲音。
紀諾猛喝一口葡萄酒，說：
「妳看我像做甚麼的？」
「占卜師？」
紀諾大驚，幾乎噴出口中的葡萄酒。
「很接近，為甚麼這麼認為？」
他擦拭嘴唇。
「因為你很像我爸爸，我爸爸是占卜師。」
我說，也為這個偶然心跳加速。
「不過，那是最近才開始做的，我是不想收受報酬，但大家無論如何都想要付錢，拒絕不了，因此收入很好。
「我的本業是畫插圖。幫名人的書畫封面，現在工作量有些減少，但真心想以這方面為重。」

他說出幾本書名。我知道他的畫。雖然沒有出畫冊，但在書店裡，他的畫總是引我面露微笑，所以記得。他用線條畫出可愛的貓咪、彩虹、樹林和女人。

「我和過世的太太一見鍾情，立刻結婚。」

他說，隨即流下眼淚，我大吃一驚。

就像眼睛自然流出水來的感覺，說話時，淚水也沿著臉頰滑落。

「直到現在，我一想到她死了，還會淚流不止。我還無法相信。那麼強悍的人會死。我遇到她的瞬間，瘋狂迷戀上她，立刻搬進她家，她是貓國女王。」

「怎麼說？」

我也莫名奇妙，嚼著抹上優格的麵包，努力保持冷靜。為甚麼不安得雙手發抖？又為甚麼感到高興？心臟噗通噗通跳個不停。我知道。

終於遇到了！爸爸口中的關鍵詞出現了。我想到「貓國女王的僕人」。我雖然注意到他，但他是太奇妙的人，心想只做個旅行中的朋友就好。那是我受到前個戀人的影響，傾向他那過於正直、並不冷靜、有點軟弱的心情瞬間。

爸爸實在厲害，預言了這件事，真的太厲害。很難相信這世上還有這種稀有的怪人。

但是，我真的遇到了。爸爸的暗示不但強力，而且不容抗拒。不管是誰的僕人還是同性戀，有沒有生離死別，這個人就是來自我的過去、令我懷念的宿命亡靈。

我被爸爸的準確度打敗，爸爸的影像一下子控制了我的腦。紀諾並不知道，繼續說：

「簡單說，她就是愛貓人，因為太親暱貓咪，和家人斷絕關係，拿了一些錢到郊外買地，拜託朋友，便宜蓋了一棟房子，照顧附近所有的貓，幫牠們結紮，找人收養，自己也養了很多貓，只為貓而活，也為貓而死。她沒有朋友，但為了貓，不得不和別人打交道。就連我，也不覺得她給我的愛比貓多。是個非常奇怪的人。我住進她家，幫忙照顧貓，現在剩下的五隻貓還是我在照顧。」

「她過世了以後，你還一直住在那棟房子裡？」

「嗯，那些貓還在……，那裡有回憶，也有外面的貓，以及鄰居的貓……，總之，我和她的家成了我現在的工作室。

「她車禍死後，我得了失眠症，處在不知日夜的世界中，我好想見她，拚命畫她。聽起來很蠢，但不這樣做，我真的撐不下去。我一直畫，就我記憶中的模樣。手的感覺、眼睛的感覺、和貓在一起時的神態、腿的角度。這樣，我每天晚上都能夢見她。」

「好像希臘神話奧菲斯的故事。」

「可惜我不能把她帶回來。」

紀諾苦著臉，寂寞地說。他又哭了嗎？我確實看見他眼角閃閃發光。好可憐。害我好想說：「好啦，不談這個了，盡量吃魚喝酒吧。」他太太大概不是上個星期才過世的，多半已有一段時間了。

「我夢到她時，她都和貓在一起。那些以前養過、如今已死的貓，總是和她悠閒躺在一個房間裡。我不知道那裡是不是天國，但在那裡的她確實顯得很幸福。她死的時候要救的那隻貓，當然也在一起。」

他突然趴在桌上哭起來。

毛髮濃密的健壯服務生都嚇一跳，趕到我旁邊。問：「怎麼回事？」關心地蹙起濃眉。

我用英語說他太太過世了，負責我們這桌的歐吉桑拍拍紀諾的肩膀，拿了一整瓶我們點的玻璃壺散裝白葡萄酒。「我請客，盡量喝！」我想，這裡果然是個好地方。紀諾哭了一陣子，終於抬起臉。

「你太太為了救貓，才被車子撞到？」

「是啊，她像子彈般衝到車子前面，她真的是渾身野性而身手矯健的人，我確信她可以救起那隻貓，可惜，她沒閃過另一輛車。

「那隻貓也死了。如果那隻貓還活著，至少我還能忍受她的死。那是我們餵養的流浪貓，已經十五歲了。」

「她真的很怪，很像我媽。」

我嘟囔說。

「她也喜歡貓？」

「不，當然，也不討厭，只是沒那麼喜歡。那叫做純真嗎？我媽是個很怪的人。」

我心想，媽媽的古怪肯定不輸你太太，但沒說出來。

他停止哭泣，在夜風中，鼻頭紅通通的，像是痛快哭過一場的小孩，露出憨傻舒暢的表情。

一個人時愛怎麼做就怎麼做，哭也好，笑也好。

我這麼想。

「你怎麼會當占卜師的？聽你說完，我只知道你結過婚、是插畫家、夢到死去的太太。」

我看著他手腕上晶瑩閃亮的銀海馬手環。我做這只手環時，爸爸還在世。爸爸生前最後的夏天，我一邊聽著爸爸和媽媽工作的聲音，一邊用繩子串這些銀飾。在那個懷念的家裡。那個爸爸過世後，就完全失去力量而變得消沉的地方。

雖然媽媽還是在種藥草，還有仙人掌園，也還有媽媽的房間和爸爸2的房間，但就是有些東西從那個家裡消失了。

不過，偶爾看到風從爸爸房間的窗戶習習吹入、輕輕掀起窗簾，還有媽媽和爸爸2難得一起坐在桌上晚餐時，感覺某個東西又甦醒過來。

那個時候，爸爸生前的氣氛又強烈充滿家中。

是靈魂的復甦？還是生命的後像？

我們只聊爸爸，就像施展魔法開啟封閉了當時空氣的膠囊，嚴密鞏固大家相同的心情。

大家都覺得，如果心沒有結合為一，就無法施展魔法。

我想，紀諾也知道那種心情。

米克諾斯是太適合這種人來的地方。

即使融入這大海和天空，即使人這麼多，寂寞的心情仍牢牢存在個人心中。

這是一個大度開闊的地方，不只為家族遊客，也不只為旅遊者。是一個能讓許多人帶著不想留給子孫的祕密，悠遊美之境界的地方。

「嗯，我是在夜晚半睡半醒的狀態中夢到她。雖然不能交談，但看到她在某個房間，那地方好像死去的貓都聚集的幸福車站。至於還活著的貓，她會用影像告訴我地點，或是指著牆上的地圖，讓我知道在哪裡。那地圖不是東京的地圖，是沒看過的地圖，但我就是知道，在夢中知道地點和時間。」

「知道甚麼？」

「失蹤的貓明天甚麼時候會在甚麼地方。」

我一時無語。

紀諾有點不好意思，慢慢將魚解體，仔細剔除整條燒烤的大鯛魚骨頭。我想，兩個人吃這麼大的魚，好像漫畫場景。

他沉浸在那個作業中，忘記許多事情，我還在想。

「那就是寵物偵探囉？」

我說，心想會不會講得太直接了？
「不、不，絕對不是。」
他立刻否定。
「我不到現場的，只是告訴他們地點和情況。和那些奇怪的人在一起，不舒服。」
我表情嚴肅，雖然沒有答腔，但認真在想，是嗎？做夢的你在某一意義上不是更奇怪？或許，奇怪的種類確實五花八門。
「你找的貓有已經死掉的嗎？」
「嗯，那種時候，夢中的她只是默默搖頭。如果有遺體，會告訴我在哪裡。如果沒有，也會顯示那樣的影像。或者，要找的那隻貓在她腳邊，我就知道那隻貓已經在天國了。」
「那……是很痛苦的工作！」
「跟我說這句話的，妳是第一個。」

他苦著臉。

「必須以那種形式見到死去的太太，而且，也有要找的貓已經死掉的情況。」

我說。處理那樣棘手的問題，他的內心似乎過於纖細。

「雖然有收到報酬的機會，但會不會都是你的妄想？你太太只是一個夢，只是你的能力以那種形式爆發而已？」

「啊，夢中的太太是我想像出來的？」

我點點頭。

「我當然也仔細想過這件事。我的腦筋是不是早就不對勁了？不過，它還是能好好運作，我也很高興能見到太太，就這樣繼續下去，也是好事吧。」

紀諾說：

「來，吃這清掉一半魚骨的部分。」

「謝謝。」

我擠上檸檬汁，開始吃魚。

味道霍地在口中擴散，是生命歡騰的味道。

如果這才是魚，那麼，在日本吃到的有點乾癟味道的鯛魚就太平常了。我說日本人很會做魚乾，此外，只是很有技巧地取走魚的生命。紀諾笑著說，真的是。肥厚的魚肉發出海潮香味，魚在美麗海水中奮力游動求生的力量，彷彿滲入我體內。

「如果夢中的她是我想像出來的，那太悲哀，我受不了。」

紀諾說：

「戀愛啊，多多少少是這麼回事。我想的她不是她本人，連我心中的她都不是。但一想到尋找貓的人只有我時，真的好寂寞。彷彿她一開始就不存在似的寂寞心情侵襲而來。」

「我認為事實和你說的情況有點不同。其中一定有個連接的地方。」

我說。既高興心緒動搖的他幫我撥開魚骨，又覺得難過。

「無所謂真的假的，一定有一個相同的地方，讓想念的那個人和真正的那個人毫無差別地接合在一起。那個地方一定有著真實。絕對無法形諸言語的真實。

「那可能是你夢中像天國一樣的地方，透過那個畫面，你肯定真正到達了那個地方。

「就像我，和你此刻心裡想的我，即使撇除剛剛認識、完全陌生這點，也是絕對不同吧？當我和你、還有我的親人想起我的時候，構成我形貌核心的東西，絕對不是我的外觀，雖然很接近外觀，但肯定是不同的東西。

「因此，你想的那個太太，或許不完全是她，但是形貌核心的地方確實有她的本質。她本人的意志和你的意志有實際的連接。證據就是找貓這檔事可以變成生意。

「所以，你不必擔那個心。說起來，我們和任何人都沒有關係。我心中的任何人都不是真正的那個人，因為那是我想像的那個人。在這個意義上，現實中生活的人和夢中人沒甚麼不同。」

「嗯，我不曾想得那麼深入。」

紀諾笑了。

「不過，我是認為外觀中有滿滿的真實，才從事畫圖的工作，能夠見到在動的太太，總是很高興，我想不要緊吧。

「雖然不喜歡這種工作，但救助貓咪也是達成她的願望，只是隱隱覺得害怕。萬一不做這件事了，或許再也夢不到她。因為她不是為了見我而出現在夢中，只是為了貓，她一定是死了以後還在思索救助貓咪的好方法。」

紀諾這時笑了笑。我胸口一緊。

「我想，將來有一天，當然不會再做這種事，在覺得不再夢裡相見才正常以前，盡量做夢也無妨。雖然每天哭著醒來，對精神健康確實不太好。」

「真是辛苦的工作！」我說

「也沒有辛苦啦。妳不是也會腰酸背痛、眼睛疲勞、為趕工焦慮嗎？那麼細膩的作業，反覆思考設計，也很辛苦。只是把繩子穿過石頭，外行人也會做，但要達到這種完成度，真的需要耗費許多心力。」

「不，我的工作和那種費心勞神、守護生命的辛苦不一樣。」

我說，總覺得他很憨直。

「可是，妳不是都處理別人想要健康、戀愛順利之類的願望嗎？那更沉重呀。」

他能理解到那種程度，我覺得近乎奇蹟。

「我覺得最難過的是，遇到貓主動離開那個家的案子時。被虐待，沒飯吃，整天關在狹小的籠子裡，走失後主人只因為品種名貴、想要繁殖才找尋，我卻發現牠在別人家裡過得很幸福。」

紀諾望著遠方說：

「那個時候，太太會以非常嚴肅的表情讓我看到種種影像，我只好對失主說怎麼也找不到，推掉工作。」

「知道這種真相，是很難過。」

「這世上有比夢到死去太太告知貓的所在更匪夷所思的事情，人的種類比貓的種類更多更厲害。也有難以想像的變態之人。虐殺、切割、毆打貓隻，從高處往下摔。啊，說出來都感到厭惡。知道有這些事情，真的很難過。因為，那些人本來只是路上擦肩而過、不必接觸的人。

「那些人剁碎的是自己的靈魂、自己的人生，死去的貓雖然可憐，但有一天會讓那個人知道。

「我只能這樣想，以拯救自己。

「唉，想到大部分的人不是這樣，才讓我心裡感到一絲溫暖。我一直以為生命中不會看到那些難以想像的黑暗，看到後才感到驚訝。我從小沉迷在畫圖中，因為發生了意外，爸媽全心守護著我。雖然不諳世事也是一種好處。」

我們暫時沉默，是共有價值觀的沉默，說完不愉快事物後的回味。

因此，我們特意在沉默中吃魚，有一搭沒一搭地閒聊。真好吃，再喝點酒？塘鵝還在睡，睡時像鳥一樣把臉埋在翅膀裡。

「對了，我還沒找旅館，算了，就睡在店裡吧。」

我拿出手機。
「不必，小洛哈利大概還有空房間，我來跟他們說。」
紀諾說：
「當然不是睡我的房間。」
「會有嗎？現在已是游泳季節，應該客滿了。」
真巧，他住的正是很久以前我和爸爸住的那個旅館。
「剛才突然想住山多里尼，取消預約的房間大概還沒有人入住。」
紀諾拿出手機打電話。他不只會畫圖、夢中尋貓，也能好好處理現實的事情。
他講了幾句，向我做個ＯＫ的手勢。
他掛掉電話，我說「謝謝」。
「很好，我們明天也可以一起玩，只要妳不忙。」
「真的？」

「嗯，我會留到下星期一。」

「好吧，你回去後我再開始工作，我要在這裡停留兩個星期，整理家務，收拾房間，一堆雜事。所以你回去以前，一起打發時間也好。」

兩人相視笑著乾杯。

應該怎麼形容我們這時的自由感覺呢？是終於找到那個人的感覺，但不是男人與女人的關係。是覺得與其和無聊的人在一起、不如自己獨處、並不因此感到難過的人，很高興找到談得來的同伴的瞬間。

今天可以玩到深夜，明天睡飽以後，繼續再玩⋯⋯。

很久沒有覺得度假就是這樣快樂了。人們不只為了藍天碧海，也為了補充這種心情而來。

我說：

「對了，你是同志嗎？雖然你有太太。」

「雖然很失禮，但是和你在一起，就連談到有關住宿的話題時，我也完全沒有你是男人的感覺。」

「這個，有點複雜。你怎麼看，我都像同性戀吧？」

「老實說，是的。」

我說：

「而且，你的穿著太細緻，那麼漂亮的顏色搭配，也沒有腿毛。」

「大概吧。其實，本來就是。青春期以後，我一直只對男性有興趣，可是我太太瀟灑出現後，我就迷上比男人還像男人、像野獸一樣的她。從那以後，男人女人我都沒有交往，所以現在的我究竟怎樣，我真的不知道。」

「你是prisoner of the past哩！」

我唱起那首歌。

對你來說，我是幽靈，打從心底不想看見的對手，
對你來說，我是幽靈，你拋棄我，只是一個幻覺，

知道我讓你不安的理由吧？
你回眸一望的表情，像是著魔的人。

我準備這樣說：
「終於找到適合我的地方，成為過去的囚徒而活。」

不管你到哪裡，我都在那裡歡迎你，
我會在你要去的地方，準備好雙人餐桌。
你知道已無處可逃了吧？
你回眸一望的臉，血色倏地消失。

「這是首好歌，陰森森的執著，讓我想到自己。」
他感慨地說，一定是出於真心。

可是我知道。他不是這樣，這是我的歌。那是我來這裡以前、因為種種事情而徬徨猶豫的心聲。證據就是我腦中一直轉著這首歌的旋律。

「你呢？真的喜歡男人嗎？我也很難看出來。」

他問得太平常，我爽快回答。

「我過去只和女性交往，而且只和一個。我剛和那個人分手，因為分得很曖昧，到現在感覺還很模糊。其實，死別才是模糊的。期待明確的分手也滿奇怪的。」

「是很剛強的人嗎？」

他說：

「和獨一無二的人交往後，不論對方是男是女，自己都會迷惘。雖然對方不是真的無可取代，但剛強的人像麻藥，會讓自己留下很重的傷。你看起來就是有這種體驗的人，或許是你父親過世了的關係。」

「不，我的戀人在某一意義上並不是剛強的人。」

我說：

「剛強的女人，我們家多的是。媽媽、外曾祖母都是擁有鋼鐵般意志的人。或許因為如此，我以為別人都是這樣，弄錯和那人接觸的方式。」

「死別了？」

「不是，她結婚了。和一個有錢人。我們說好長大以後要永遠在一起，可是那個人一出現，她就拒絕我了。」

「這樣啊。這種事誰也沒辦法。」

紀諾這樣說，我真的有那種感覺。好像就是沒辦法。長久和她談論人生的事、我既非男人也沒有錢的懊惱，全都快忘光了。

「最近，我反而不知道是不是真的愛過？是不是真的被愛過？」

關於那事的不愉快回憶一股腦湧上喉嚨。但是不要緊。此刻正享受佳餚美酒的心情占上風。

「看來傷得很厲害呢。」

「是啊，我真的以為從今以後不會再喜歡別人，再也無法與這個社會有關係了。像個傻瓜，就因為那麼點戀愛！世界明明這麼美麗、可口、熱鬧啊！」我說。

如果沒有可以讓我這樣毫無脈絡、坦然說出一切的紀諾，或許真的活不下去。雖然我們才剛剛認識。

吃飽後，慢慢走上通往小洛哈利的陡坡時，感覺一切似曾相識。

我長大了，景色卻絲毫沒變。相同到令人懊惱的景色，陪著腳不方便的人，細膩感受坡道的斜度，每一步都感覺更重。

放棄那種陡坡快登的獨特焦慮，讓身體自然承載疲勞。清楚感受自己身體的重量。

靜止不動的漆黑夜空有許多星星閃爍，眼下閃爍著同樣光點的街景漸漸浮上眼前的感覺，也令人懷念。

當然，紀諾比爸爸更有體力，眼睛也看得見，腳的不方便程度也比較輕，行進速度和我的協助都和當時不同。

爸爸2好幾次建議，不要住這種陡坡上的旅館，住下面那家高級飯店吧。可是爸爸執著於小洛哈利，「那地方對小孩親切，景色也美。」

「不會是住同個房間吧？怎麼都不說。」

我問。

「不用說啊，是隔壁，從陽台探出身子，或許可以看見彼此。」

紀諾笑了。

「感覺好可怕，我們就這樣成了朋友，真是不敢相信。」

我說：

「你究竟是甚麼？你是誰？」

「我想到今天如果沒有遇見妳，或是在某個地方擦身而過，就感到不寒而慄。感覺如果我心中有一點不真實的地方，我們的相遇，會遲遲不來。我是在遇到太太以後，才覺得嫌現實麻煩而逃到插畫世界的我不真實，應該更誠實生活。從那以後，我不再以腳不好為藉口，願意走出去。也願意旅行。能夠這樣做，真的覺得很好。」

紀諾氣喘吁吁。

俯瞰的街道已經遠遠落在下面，寧靜夜晚的時間幽暗覆蓋其上。夜的幽暗加深了做夢的感覺，幾乎忘記自己此刻在這地球上擁有肉體。彷彿就要融入幽暗中。在東京，已經很難聞到這樣濃厚的夜的味道。

彎進小洛哈利的招牌下，我們抵達門廳。

十多年沒來，卻彷彿還看到爸爸2在大廳沙發上查看郵件的樣子。還有爸爸站在陽台承受晚風的身影。纖細的肩膀、直直的頭髮。奇怪的是，沒有浮現媽媽的影像。因為我和媽媽一起度過太多時間，在各種場合看過她各式各樣的風姿。媽媽一直是現在這個年齡的樣子。那時覺得自己好幸福。

接過鑰匙，道聲晚安，我獨自進入紀諾隔壁的房間，往床上一倒。走了太多路，腿的肌肉有點緊。紀諾拄著手杖的手這時也相當痛吧。

天花板重新油漆過，但樣式沒變，窗外的幽暗也沒變。

嘈雜的冷氣也一樣。只有爸爸不在了，感覺很奇怪。

只有爸爸已經不在這個世上。

躺在床上，看著睡在隔壁床上的爸爸，好像才是最近的事情。心想，這樣增加年歲，終有一天我也將死去。

我想轉換淒涼的心情，起身走到陽台。早上時一定可以看見一片海，但現在只看到濃度不同的黑暗。

「唉呦！」

紀諾從陽台界線那邊探過頭來。

「這房間不容易窺視。」

我笑著說。

「反而不安全。」

紀諾笑說。

踮起腳伸出手，輕輕一握，然後坐在各自陽台的椅子上看星星。星星不像在日本看到的那樣朦朧。清晰浮現在彷彿吸入一切的漆黑夜空。

不久，聽到他進屋的聲音，我也進屋。

我不是要找爸爸，也不是想交同性戀朋友。紀諾不屬於這種情況。他只是和我很合得來，就像鞋子和襪子。

接下來的三天，我們急速親近，但沒有肉體關係，像好朋友般暢快旅遊。其實每天也只是和初遇時相同的步調，重複同樣的事。

早上慢慢起來，在陽台見面，悠哉去吃早餐，喝淡咖啡，抱怨著很難喝，但還是要續杯，吃很多新鮮水果和優格，在陽台看海，到海邊玩水。

午餐是在海濱小屋吃，在海邊午睡、玩玩水後，回旅館，在各自房間慢慢沖個澡，放鬆一下，夕陽的時間一到，就去停車場或是小威尼斯，坐在岸邊，聽著唏哩嘩啦的海浪聲，眺望夕陽，然後去有塘鵝的那家餐廳，或是可以自己挑選魚鮮的燒烤海鮮店，慢慢享受晚餐。

最後那夜，在塘鵝的店裡，紀諾說：

「這種日子一直繼續下去，該有多好。」

「或許是因為這個景色、又是在這裡，才覺得這樣快樂。」

我說。

兩人都有些消沉，好像暑假結束時小孩那有點陰鬱的心情。明天不能再一起玩了。

吃著喜歡的魚，常常忽然陷入沉思，停下筷子。

明天以後，不會在這裡燒烤肥美的鯛魚和鱸魚了。

明天以後，我要開始以往在這裡的每一天。處理店裡的事，和打工女孩聊天，住在店面樓上，整理房間，晚上自己炒個青菜，啃著麵包，獨飲白酒。

我一定很快就會想念紀諾。

「我們會在東京見面吧？我不想就這樣結束。」

紀諾說。

「可是，感覺有點可怕，旅行夥伴在平常日子見面，有些感覺會不一樣。」

「那就再做這樣的旅行吧。來這裡也行，到別的地方也行。」

紀諾說：

「時差調整過來後，隨時可以聯絡我，就算會害怕也沒辦法。」

「嗯。」

我點點頭。

我們之間有個珍貴易壞的東西，雖然很容易就碎，卻也無比強韌。最可怕的是，竟然有這樣的東西！有這種奇蹟！我還不習慣。

當然，我們都是人，這三天並非完全沒有疲倦、想睡、有點不耐煩的情況。但是，那種緊張的感覺很快就像融入風中似的消失。心緒沒有靜止不動，總是在不知不覺間改變，逕自流轉。

是地方的力量？還是有緣？在許多方面感受力都較差的我，還無法判斷。

晨光中，送紀諾去機場時，他看起來還在睡。

昨天喝的茴香烈酒還殘留在體內，人有些暈眩，考慮他的腳不方便而提早出門。雖然沒有想睡、寂寞的感覺，但還是漸漸湧起離別的傷感。

「妳的戀人是甚麼樣的人？我想聽聽。」

紀諾說。

突然這樣問的他，眼眸的感覺很性感，那是我對他唯一感到性的魅力瞬間。

「其實，不會是自殺了吧？」

「不是、不是，她現在肯定好得很。」

我笑著說。

「是嗎？我以為那個人一定死了。」

「是嗎？你想錯了。如果是的話，我會接到通知。」

我說：

「不過，她是可以看見鬼魂的人，或許是這個關係，讓你這樣覺得。」

「哪天再說給我聽，下次旅行時也好。」

紀諾說：

「我說她可能死了時，看到你的表情，知道現在不宜再問。」

他不斷回頭揮手，穿過出境大門時，我好像發生了無法挽回的事情。明明剛剛還在一起，明明不想分開，怎麼就分開了呢？

在沒有紀諾的米克諾斯度過的剩餘日子，失魂落魄。他的聲音還留在耳中，偶爾想起，臉上就會不自覺浮現微笑。

這麼把他當回事，似乎有點麻煩，也有點可怕，於是我想暫時忘掉他，到下次見面時，不要還拖著甚麼。

一回國，在沖繩的媽媽就叫我過去，像要甩開紀諾的形影，我火速買票搭機，轉換心情。

其實，這世上沒有一件轉換了地點和心情還忘不掉的事情。總之，我先轉換心情。

媽媽往來東京的家、沖繩的家和男友住的伊是名島之間。有點無聊時、心情不順時，就以照顧田地為由而移動。田裡的工作很忙時，就會立刻叫我過去。

降落在那霸的大機場時，還沒有身在沖繩的感覺。直到經過特產禮品數量驚人、店家數量多到令人困惑的免稅區走向大門時，才有這種感覺。

走出機場大門，悶熱的空氣衝進肺裡，陽光強烈，眼睛終於有醒過來的感覺。

搭計程車進入那霸市區，昏沉沉就像超出次元的波，進入另一個現實中。沒事的。紀諾已經遠去。米克諾斯更遙遠。是不是真的有過這一段記憶？連這都不太清楚。所以，即使不再見面，也不要緊。

以前，有多少事情因為這樣變換時空就消失了？我總有一種不可思議的感覺。還是仍留在某個地方嗎？

許多真的非常感動而一再回味的事情，都隨著移動像風一樣消逝無蹤。

有一點想哭。

拜紀諾之賜，我能稍微從失戀中站起來。那個失戀深深扎根在我心裡，陰霾濕黏，不肯輕易消失。但是他的三言兩語，確實改變了一些，讓我逐漸不那麼在乎了。

媽媽的簡陋小屋和藥草田，靠近讀谷一帶。

不在深山裡面，但是坐落其他田地中間，晚上從小徑走去，很不容易找到。不過，諾利果……這裡叫做八重山青木……的樹幹非常顯眼，看到茂密的色澤清綠葉子，好像是故鄉來找我了。

像是唯一的姊妹歡迎孤單的我。

我最喜歡諾利果，不只是因為我也叫諾利，而是因為小時候都躺在諾利樹下的吊床上仰望天空。

我完全不在乎諾利果實發酵的味道。被愛、被守護的感覺包圍著我。感冒時喝它的汁，平常喝它葉子泡的茶，感覺我和它一起長大。在諾利的搖籃中吸吮諾利的奶，成為它的分身。媽媽雖然沒有這樣說，但她是想把我當作植物好友，刻意取了諾利這個名字吧。

外曾祖母過世後，媽媽依然往來諾利田，製作茶葉和萃取諾利汁。拿到爸爸2那邊販售，或是便宜分享給當地的人。媽媽做的諾利茶和外曾祖母做的一樣，到處都獲得好評，雜誌好幾次擅自製作專題報導，網路上也掀起話題，但她不會做得超出需要，總是穩定得能隨時送到需要的人手上。

觸摸著懷念的諾利厚葉，進門一看，媽媽毫無防備地躺在吊床上沉沉入睡。

看著媽媽眼角的皺紋、深深的法令紋和曬黑手背上的皺紋，我難過起來。

即使如此，媽媽身體裡面依然流著晶瑩的生命之水，看到媽媽，我總有看到河流的感覺。潺潺流動，水光粼粼，毫無停滯。當這個力量匯集的中心有甚麼消失時，媽媽也會從這個世上消失吧。

外曾祖母也是一樣。

外曾祖母過世那天，舉辦一個小派對。院子的桌上擺滿沖繩料理和她曾經住過的馬爾他島料理。為了做馬爾他島著名的派，還請市場的人幫忙宰殺兔子。外曾祖母難得吃肉，為了最後的款待，做了那件事。

點燃許多根大蠟燭，打開收藏多年的葡萄酒。

媽媽說她有隱隱察覺。

最後時刻仍穿著平常衣服的外曾祖母房間，漸漸變得空蕩蕩。她的東西本來就少，經過一年的時間，愈發減少，最後只剩下堆積如山的藥草茶筆記。

媽媽總是偷偷在想，啊，是這事嗎？好希望不是今天。她必須這麼想，才能輕鬆度過那一天。

派對結束後，附近的小孩在吊床和椅子上呼呼大睡，盤子幾乎都空了，在男人還在院子裡喝酒、女人還在收拾的聲響中，外曾祖母說：「我要睡了，晚安」，回去自己的房間，媽媽進去看她時，她已經死在床上。

我還記得媽媽嗚嗚哭泣走到院子的樣子。

「太完美了，我做不到，絕對會失敗。」

媽媽邊哭邊說。

爸爸2衝進房間，我仰望夜空，雖然是夜晚，確實看到一隻黑色大鳳蝶襯著星空翩翩飛舞。流星劃過天際。

「做得太完美了。」

媽媽看到那情景，又哭起來。

我握住媽媽的手發呆，心想，死亡或許並不悲傷可怕。雖然以後再也看不到外曾祖母，讓我感到寂寞，但小時候的我就是那樣感覺，不過，現在不會那樣想了。

那時的豁達感覺，一定是外曾祖母的心如實映照我心的緣故。

媽媽像野獸般察覺我的氣息，炯炯張開眼睛。我感到可怕的氣勢，不覺退後一步。

「啊，諾利嗎？你來啦。」

媽媽恍然笑著，像是夢到香甜的水果和美麗的花朵，嘴角微張，細瞇的眼睛裡溢出閃亮的笑意。

我總是想，只要還有以這種眼神看我的人，我就要活下去。

因為只有最初的一瞬，無法掩飾。

那時的表情，完全顯露那個人對我的心情。

「伊是名島那邊怎樣？」

我問。

媽媽最近交了一個在伊是名島做音樂的年輕男友，偶爾會過去幫他看家。

那個人是不想結婚的無憂無慮之人，他們像是好朋友，媽媽常說，在伊是名島沒有特別要做的事情，像度假一樣輕鬆。

「晚上早早入睡固然不錯，但沒甚麼事情可做，酒喝多了，也不好。還有，那裡的人際關係特別緊密，不容易切實打進去。

「啊，對了，想吃好久沒吃的羊肉湯，艾草也不錯。來到這裡，才知道艾草的好，比在東京時還懂。」

媽媽不著邊際地一口氣說完，滿足似地住口。

「要去拔草嗎？」

我問。

「進去喝茶吧。」

她有著令人意想不到的趕流行一面，在沖繩的時候就做沖繩的吃食。迅速把月桃葉包裹的鬼餅（扁粽）和冰透的諾利茶端到桌上。雖然是簡陋搭蓋的小屋，還是有裝冷氣。

外曾祖母從馬爾他島回來後，堅決要吹冷氣。她留下的筆記有一半以上在這裡，媽媽雖然一直在研讀，但常常感嘆，即使按照所寫的去做，還是有做不成的地方。

媽媽住的地方都有仙人掌，但這裡是以諾利果為主。唯一的那棵大仙人掌，穩穩種在修理多次、釘釘補補的破舊陽台前。那棵仙人掌的子株在田裡漸漸繁殖，變成一塊小小的仙人掌田，是我喜歡的景觀。

媽媽常在陽台上看書。那棵仙人掌和媽媽實在太搭配了。仙人掌下的媽媽看起來像依偎著某個極好的人，相互扶持。

「在這裡，一切都太像以前，所以有錯覺，但其實並不一樣，像是蟬聲。」

媽媽輕輕說：

「東京的蟬大量減少。該有的地方還是有，所以看起來沒問題，但事實上已經沒有蟬聲嘈雜這種事，連茅蜩幾乎都沒有了。那種黃昏時聽到蟬鳴、暑氣全消的感覺，早已沒了。只有混凝土一直聚熱不散，夜裡熱得難受。

「這裡還有螳螂類昆蟲，但東京的草叢中已難得看到。看到的時候還會驚訝。螳螂和蟲卵及幼蟲都不見了。紗窗上不再有草蜻蛉的卵塊。薄翅蜻蛉也不見蹤跡，雖然以前多到讓人不舒服。

「這裡的海底，雪白的珊瑚屍骸中還有一些珊瑚活著，但魚大量減少。密密麻麻的魚群遮蔽海中視野、碰觸腳丫到令人厭煩的時候，並不那麼遙遠，感覺卻像一場夢。

「大家都說要接受這個現實，但我做不到。

「或許這樣下去，在我有生之年，是有可能變成沒有魚吃的世界。

「有一天，人們大概會完全忘記海中曾是擠滿生物的濃密世界吧。可是，我只能繼續奮戰下去。」

「跟甚麼？」

「跟我自己。通往世界的祕密門扉只在我心中。」

媽媽說：

「簡單地說，就像妳來了，感到妳幸福，看妳的臉色，覺得妳健康，於是我會高興，餵妳好吃的東西，解妳喉嚨的渴，把這些都當作重要的事。只有人類能夠清理自己的心。

「如果妳來了，我嫌麻煩，或是想睡覺，甚至覺得討厭，我就認為自己心中積了灰塵，要清掃乾淨。

「只有繼續這種清掃，才能為世界做些甚麼。」

我了然於心。

媽媽一生如此，不知拯救了多少人。爸爸一定也這樣想，所以雖是同性戀，還是能和媽媽生孩子。

我本來想說出來，但因為答應過爸爸，所以沉默不語。

我們本來就不是多話的母女，接下來兩人也只是默默喝茶，細細咀嚼甜膩的扁粽，聆聽諾利樹葉搖晃的聲音。

就像是音樂。把原來只是持續的不規則聲響在不知不覺中調和成無比的旋律的，是這個世界。是我這顆小腦袋無法解釋的大世界。

我仔細聆聽，那和米克諾斯不同的聲音，像是衣裳輕輕摩擦、但更粗一點的聲音。泥土的聲音。響在潮濕的空氣中。也聽見孕育我的水聲。

媽媽不創造作品，但創造空間。

經常勞動身體，順暢運用肌肉，掘地翻土，看清自然的流向。那個野性的本能力量很強。

我是把看到的東西轉換到纖細的世界、以畫圖的心情來製作首飾。我們的才能種類不同。

因此，媽媽看起來更瀟灑果斷。

我猜，爸爸一定也喜歡他自己沒有、但媽媽有的健壯小腿吧。

媽媽的手指甲和腳趾甲縫隙塞著泥巴，眼眶下有黑黑的曬斑，但身體很結實，肩膀和腿的肌肉很美。

「你終究和那女人分手了？」

媽媽突然說。

我本來討厭對這事不聞不問的媽媽和爸爸2，但遇見紀諾以後，我的心變得從容些，甚至能夠笑臉面對。

「嗯，大概是吧，很久沒見面了。以前每星期必見一次，每天還要打電話、寫電子郵件。」

「感覺斷不了嗎？」

「是啊，在一起太久了。小學的夏令營認識後就一直在一起，真的很難斷，總感覺她還在身邊似的。」

我是這種奇怪家庭的小孩，莎拉好像也是。

在爸爸死後不久、媽媽和爸爸2正好也忙、於是送我去夏令營的那個夏天，我們一起看到鬼魂，發現屍體。

從那以後，我們一直黏在一起。

中學睡在一起時，觸摸彼此的身體，研究彼此的身體。感覺是那麼自然地把性愛加入兩人的關係中。

我因為常換居所，幾乎不去上學，沒有年齡相近的朋友，尤其不喜歡男孩，心想我有莎拉，也無所謂。有了莎拉，我不在乎對別人封閉自己。即使像紀諾那樣自然認識的人，相伴旅遊幾天後，想到若再深入下去，我和莎拉的關係就會變淡，就立刻離開那人。

我天真地以為，那種日子會持續一輩子。

我沒有發現莎拉其實很成熟、很社會性、也很寂寞，因為我逕自認定她是非常剛強的人。

夏令營過了一半的某個夜晚，我睡不著，和剛認識的莎拉溜出帳篷，去上廁所，那是一切的開端。

樹林中一片漆黑，我有點害怕通往廁所的小徑，但莎拉完全不怕。她和父母、祖父母住在山上，種田，偶爾也做陶藝，開繪畫教室，教習野炊料理，呼朋引伴唱歌演奏，和山下的人交流，生活平靜。

或許我在那些敘述中看到媽媽昔日的風貌，因而和她親近。實際上她和媽媽很不一樣，她更女性化，喜歡操縱別人，也喜歡祕密。

我從廁所出來時，不見莎拉，我嚇得四處張望。

這時，聽到小丘上傳來「喂」的一聲，看見莎拉的身影。

我爬上小丘。

「看，今天沒有月亮，星星特別亮。」

莎拉興奮地說。

我仰望天空，驚訝那星子滲入天空般的星空。

「好久沒看到了。」

我們並肩躺著，看了好久好久的星星。現在回想起來，她年紀雖小，但異樣長的頭髮和長長寬鬆的髮帶，都充分顯示她身在嬉皮的環境裡。

「你媽媽在做甚麼？」

我問。

「常常跑去美國追山寨版的死之華搖滾樂團，其他時間就是種田、畫畫。」

莎拉笑著說：

「山寨版的感覺好爛。」

「本尊已經不在了，沒辦法。」

我雖然不熟悉那個樂團，但因為爸爸2廣泛的音樂興趣，也知道賈西亞已經過世了，所以這樣回答。

「我們很談得來耶。」

莎拉緊緊握住我的手。

連骯髒的指甲和黝黑的腳掌都有魅力的少女。

感覺是我自己決定陷進去的。

和漂亮野性的她在一起，感覺自己像深閨裡的千金小姐。

看著星星，心胸開闊，來自遙遠地方的深色光粒子吸引著我，心想就這樣一直看下去的時候，發現有人站在腳邊。

起初以為，糟糕，被營地主任發現了！立刻想到，只要辯稱「上完廁所後看一下星星」就好，卻聽見莎拉冷靜地說：

「糟糕，這個不是活人。」

我不覺看著那個人影。

是個男人的影子，臉部模糊不清。但是周圍的亮度可以清楚看見莎拉的臉，我心裡覺得奇怪。當我能清楚看見那張臉時，像在正午陽光下看到的那樣清楚。皮膚黝黑的中年男人。

「你哪裡來的？」

莎拉大膽地問他。

那個人影一下子模糊、一下子清楚，做出好像是、又好像不是的指著小丘下面的模糊動作後，「咻」地消失。不是很快，是留下殘影、一點一點地融入黑暗中。

我嚇得說不出話來，莎拉拉著我的手站起來。

「去看看。」

我心裡想，為甚麼要去看？但驚嚇過度，任憑莎拉拖著下山。雖然心臟猛跳，眼前發昏，但腦中出乎意外的冷靜。

然後，我們發現小丘對面樹林中的上吊屍體。雖然看不見臉，但是是中年男性，也穿著和剛才朦朧看到的那個人影一樣的服裝，應該是他沒錯。莎拉很平常地說：「他希望我們發現。」驚慌的我只能緊緊握著她的手。

當然，我們回去報告，老師們都起來了，露營停止了，警察來了，進行各種調查等，搞得亂糟糟的。

那些都無所謂，因為我和莎拉透過那晚蠢動的空氣，難以分開地結合在一起。

那天晚上的一切，心底升起的恐怖、清澈的空氣、莎拉的冷酷表情、發光的眼睛、混著屍體味道的青草味，改變了我的人生。

「不，不必了，不用那麼多錢，現在，是我先生那裡獨家販賣。嗯，療養院等地方想要銷售，可以從我先生那裡批貨、談價錢，我只是幫他打下手，統統不知道。」

媽媽的聲音把我喚回現實。

「你看過我先生公司的網站嗎？KataokaKaede.com，用藥草茶搜尋就行。是、是、謝謝。」

媽媽這時候的聲音，有著鼓動對方幹勁的獨特力量。

「又是想要購併或代理的？」

「不是，是想在這裡建造一個諾利樂園，如果成功了，你就是代言人或是諾利公主囉。」

「在這裡？不會太小嗎？」

「要買下周圍的土地，還可能放養動物，為了觀光。」

「從語調的角度來看，是要養鱷魚嗎？『諾利鱷魚樂園（Noni Wani

Land）』！」

我笑著說。

我是在媽媽和外曾祖母嘲弄那些來談藥草茶生意的業務員的話語中長大。

我本來覺得，他們只是圖自己的利益，沒有惡意，不必講得那麼難聽，但是看到那些人提出來的構想多半是庸俗低劣的創意後，也漸漸理解她們無法不嘲弄一番的心情了。

後來，又有人跑來拚命央求，願意不收酬勞，留在這裡幫忙。

「他們雖然想幫忙，但植物會受到污染啊！」

媽媽和外曾祖母說，慎重拒絕那種人，奉上一杯茶，聽完他們的意見，說聲「再來玩」，就打發回去。

「那種人嘴裡說不要報酬，終究還是想從我們這裡弄到錢，而且，總有一天會要求更大的報酬，因為他們就是抱著不夠、不夠、還要、還要的心情而來。」

外曾祖母說。

媽媽也冷淡對待那些人，但不會諷刺，只是和他們劃一線區隔。擺出「我們人手已夠，在自己的地方努力實幹」的態度。最重要的是，她們的態度中還有愛。不否定那些人，即使多少有點挖苦，也帶著幽默。

有人假裝病人，把藥草茶帶回去，或是帶著真的病人來，拿到藥草茶的處方，回去後分析出來，也販售同樣成分的茶，甚至拿到網路上和健康食品店裡賣得更貴。

不過，外曾祖母的茶是依各人情況而配置的特殊處方茶，無法模仿。就連媽媽大概也追不上。

我也漸漸知道。

真正來求藥草茶的人，都有同樣的表情。非常安靜、含蓄、確實相信甚麼。外曾祖母常說，是茶召喚他們來的。

她說，如果不是從栽種原料開始一直保持著關係，也製作不出那個茶。這不是有機栽培這類詞彙能說明白的。

細心栽種、頻繁照顧某一種草，那種草就會真正親近你，答應借力量給你。當你要求「可以把這個力量分享給這個人嗎？」而它也答應後，草的力量才能到達那個人的疾病上面。

一旦真正親近後，例如蕺草，當你在別的地方突然受傷，只要在那個地方找到蕺草，不知怎的它們早已溝通過，立刻能派上用場，引出自身的某種治療力。這絕對不是那些倡言消炎效果、解毒效果的商品化研究所辦得到的。

外曾祖母說這些話時，像美國原住民老婦那樣高尚剛毅。她壽終正寢前，從來沒有生過病。

媽媽和我都覺得爸爸的病情進展很慢，生活品質毫無下降。但是外曾祖母總和媽媽說，不能公開說這些事，不能小看製藥公司和大企業的力量。如果大聲喧嚷她們能治感冒，恐怕真的會被謀殺，無法再傳遞植物的力量。零售藥草茶最適合她們。

想起了那些事，媽媽說：

「你知道嗎？不知在哪裡看到這個故事。城裡來的人對悠哉駕著小船釣魚的鄉下人說，你賣掉那些魚，把船租出去，可以賺更多錢。鄉下人問，然後呢？城裡人說，你可以擴大事業，賺大錢，增加員工，這樣，你又可以駕船釣魚，享受假期了。鄉下人就說，那不是跟我現在一樣嗎？不必了。

「我現在也是完全相同的心情。這裡的土地若是被買走了，我就搬到別的地方，過一樣的生活，生病了，也只短短住院幾天。我有心學你的楓爸爸，好好注意自己的人生結果。」

「那我想存很多錢，是為甚麼？是害怕有突發事故，先做準備嗎？」

「是啊，的確，住院、搬家都需要錢，蓋房子也是。但只要夠用，有適度的準備就行了。不就是程度的問題嘛！」

「爸爸2呢？他不是很愛錢嗎？」

「他啊，興趣是經營企業，有個精明能幹的女會計跟著他。會計和會計師的工作，有才能的人去做，順手得就像音樂演奏或作曲。不過，他不是為了賺很多錢而工作。如果沒有他，我可能淪落成嬉皮或遊民了。」

媽媽說：

「幸好遇到了他，也能一起工作。他做事絕不偷工減料。比起專為個人處方的茶，網路上賣的諾利茶和仙人掌霜，確實少些效果，但沒有偷工減料。

「個人處方的客人幾乎都是從他那裡結緣的。即使時代變了，能夠送達需要之處的力量依然沒變。植物還是在我們身邊發揮力量。」

「錢的問題很麻煩，我也是因為這個被莎拉拋棄。」

「那樣說不好，人不會被別人拋棄，只有自己拋棄自己。」

媽媽說：

「我完全不清楚你們的事，不是只拒絕工作嗎？而且是剛才談的那類工作。你們那只是分道揚鑣，這種事常有。有人就是甚麼事都擴大去想。

「人的事情，我到現在還不是很懂，但我知道，植物也不是都感覺良好地治療人們、美麗開花、獻出生命。它們從泥土中吸取養分，枯萎旁邊的草，自顧散播種子，蔓延叢生，無所不用其極地求生存。即使混在動物的糞便中也可以。它們一樣有醜陋的競爭和生命的搏鬥，或者用棘刺，或者分泌毒汁，對付傷害自己的東西。

「人不也一樣？在有許多面向全部混合而成的大坩鍋中相遇、分離、投合、反目、互相殘害等等，和植物一樣嘛。活著就是那麼回事。不全都是好事、美事、乾淨的事。大家各自安身立命。只能默默去做自己認同的事情，要是發生自己不認同的事，安靜走開就好。」

媽媽輕輕一笑，說：

「你不能阻止莎拉的選擇，那孩子雖然有禮貌，但和她在一起，我總覺得自己是邋遢沒教養的萬年嬉皮少女。如果談戀愛，或許這個感覺可以燃燒激情，但不是我喜歡的感覺。那種像被評斷的感覺。還有吝嗇付出、慫恿別人、想要操縱別人的感覺。還有那份陰氣。當然那也是一種魅力。

「媽媽這一生最大的情敵是爸爸2，但之前還有一個女的情敵，她們有點像。故意透露一點祕密吸引你，欲擒故縱地誘惑人。一副不太懂得輕鬆看這世界的樣子。

「或許在現實社會中，那種做法比較好，但我做不到。我覺得那樣做以後，會不明白是為誰而做，太複雜了。

「你因為老實，整個就陷下去了。唉，那就是戀愛吧。

「不過，也許有一天，她又倒轉性子，變成討厭錢的人。那時可能又會見面吧。如果認定是適合自己的人，再在一起也沒關係。即使覺得多沒出息，但能夠那樣想就好。」

我沒想到別人不把你當作可憐蟲對待時，是這樣讓人舒心。

但一閉上眼睛，總是浮現莎拉漂亮的手腳、曬得紅通通的臉頰、讓人心神恍惚的野性眸子。也想起我們一起睡時，看到她那毫無防備的睡姿，心想這個人此刻只屬於我而感動流淚的情景。裙襬垂到地板散開的樣子，月光照在上面的樣子。鎖骨形成的美麗陰影。像野獸般愛撫我的粗指頭。懷念啊，即使三秒鐘也好，好想回到那段青春時期。我們緊緊相擁跨過的黑暗青春。

然而，回不去了。就如同此刻眼前的諾利樹葉，雖然和以前一樣茂密，但已不是那時候的葉子。與其回憶，不如馳騁思緒在眼前這美麗的綠色上。

媽媽和植物的關係太濃厚，使得青春期的我不停思考：「這世上的一切都必須具有深刻的意義嗎？」看見莎拉家裡沒怎麼照顧的植物枯萎時，讓我感到放鬆。是了，被過度寵愛照顧，會讓人透不過氣。莎拉經常說，自己的心情比植物、比世界都重要，那種乾脆又慵懶的用語，拯救了當時快被媽媽的價值觀吞噬的我。

但是現在看到媽媽種植的諾利果，雖然是植物，卻喜歡人類，具有超出植物魔力的美艷模樣，不覺感到還是這方面契合自己。

一想起莎拉，眼前又是一暗，愈發陷入沉思。

所有的失戀都一樣。某個早上，心情愉悅地想著：「感覺我們可以重新和好，或許還可以當朋友，不，或許分手只是神經過敏，若無其事地打個電話去看看吧？」可是做不到。想打電話，話筒好重，還是放下吧。想寫信，但是想起她說過不愛寫信、也討厭簡訊，只好作罷。

如果去看她，知道她會正常開門。沒有親吻，沒有擁抱，也沒有真正深情的對話，只是閒聊打發時間。不是不快樂，也不是心無靈犀，但就是缺少了那個我們曾經珍貴擁有的東西。

雖然知道她不是討厭我，但也知道我們已經結束了。

雖然知道不見面比較好，但經過她家附近，抬頭望見她家窗戶時，又不自覺順路過去。欺騙自己，在自己靈魂中製造小小的愧疚。

面對林蔭大道的高級大廈落地窗，簇新晶亮的玄關。如果她拒絕見我，管理員會笑著請我離開。如果我堅持有事相見，他們一定公事公辦，遺憾地立刻請警衛出動。我終究被客氣地攆出來。在那種場面中，沒有人對人的情分，只有金錢和工作。我不是討厭有錢人，只是不適應彼此「以甚麼為先」的不同。

看到有人哭泣，我會上前關心，在某一意義上，那是理解自己工作的行動，但那些人則把排除麻煩當成工作。

我雖然知道不能讓爸爸那麼疼愛的自己遭受那種待遇，但還是不時找出種種理由去看她。

因為來到附近，心想好久不見了，朋友嘛，想聯絡一下。甚麼理由都有。雖然當場都覺得還好、很快樂，但夜裡總在噩夢中驚醒。

那時的噩夢，是我對自己說謊的印記。

我反覆尋思，是哪個階段搞錯了？才會變成這樣。但已經無能為力了。每一次都搞砸。即使沒有搞砸，也是相同的結果。

媽媽看我有點鬱鬱寡歡，說：

「做做田裡的工作吧。」

「嗯。」

我站起來。我很清楚，現在只能做些勞動身體、暢通血液、有做就有結果的簡單事情。縱使眼前昏暗，也能到田裡做些拔草之類的工作。

我想和媽媽一起移植種株、拔草、除蟲，曬曬太陽，累到沒有力氣說話，泡個熱水澡，大吃一頓，倒在床上就睡。

陷於陰暗過去的時刻，僅此為限。

年紀不大，又是一般的失戀，我怎麼就如此脆弱？一定是莎拉在某方面需要我。在她心底的幽靜深處，有一個連她自己也不知道、在呼喚我的莎拉存在。雖然我很想見那個莎拉。但已經見不到了。因為那個莎拉不再是她本人需要的莎拉，而是她本人扼殺掉的人格。

戀愛的結束總是充滿矛盾。

我不想為了填補莎拉不在的空缺而見紀諾，所以沒有和他連絡。我想，如果有緣，重逢的時刻必定還會再來。現在只想全部忘記和他共度的情景，自己一個人靜靜。

爸爸2因為工作，幾乎都出門在外，見不到面，我暫時留在沖繩幫忙媽媽，或是看守東京老家，很少與人見面，專心製作客人訂製的飾品。

常常停下穿珠子的手，仰望天空，有種奇異的感覺。

是那種「某一天媽媽也在這裡、這樣獨自看守家園」的心情。

爸爸2說，他和爸爸常常一起去義大利和台灣，媽媽都會主動要求留下來看家。

當他想起粗魯吩咐媽媽「要好好管理啊」時，總是瞇起眼睛。爸爸2說，多虧了她，我和楓才能以最好的形式度過相戀時間，所以後來甚至會想，把楓借給她一下下也好。

他還說，雖然以前請過許多祕書，但沒有一個像媽媽那樣執著、堅持、周密、從不放棄。

那時我心裡想，媽媽並不是那麼樂意看家吧，可能只是在忍耐。但有一天我獨自在家時，發現家中處處瀰漫著爸爸寧靜的氣息，油然而生思緒空靈似的不可思議幸福感。

我才領悟，媽媽是寧願留在淡淡、安定、而甜美的單戀幸福中，甚於實際上和爸爸做各種接觸。留在永遠的少女夢中。

獨自待在這個家裡，就是守著爸爸的回憶，安靜地被回憶擁抱。

每次看見爸爸用過的書桌和茶杯，就能確認自己是幸福的。

原來如此。當時的媽媽在我心中浮現。我沒有天真得那樣喜歡人，知道的東西太多，做不到那種程度。但是抱著少女心情下山的媽媽，就是那樣的人。我終於深深理解媽媽了。

紀諾寄來一封信。

工作需要，將往蘭札羅特島取材，是否要去？

因為幾近自費，無啥招待，住宿也非一流飯店，如果可以……

我毫不猶豫回信說「去」。

在成田機場看到紀諾時，看到他在星巴克裡面發呆的模樣，我體內靜止的時鐘突然開始走動。沒有流淚，也沒有興奮，只覺得這個人和成田機場很相稱，果然是不論身在何處都能旅行的人。

在馬德里的現代飯店過夜時，雖是同個房間，但完全不在意。紀諾睡在另一張床上，理所當然得讓我覺得有點奇怪。可能是我和爸爸及爸爸2在一起生活，習慣了同志。

隔天，飛到幾乎接近非洲的蘭札羅特島。

紀諾要幫美術雜誌的特輯畫插圖，來向建築家賽薩·曼里克取材。出版社提供有曼里克壁畫和他設計的游泳池的飯店住宿費及機票。我是以助理兼女友的身分搭便車，但機票自己出，因為原來訂的就是雙人房，也就沒顧慮地同住一間。

我以為我們只是旅伴，但在一起時，不知不覺形成只有兩個人的世界。那是一個強力排他性的廣大磁場，一入其中，就想不起一個人時的自己。

紀諾要工作，晚上不太出去，回到飯店沖個澡，傍晚到大廳檢查信件，或在泳池旁邊和貓玩耍，很快就變成固定的模式。飯店裡有貓屋，有貓的吃飯角落，光是這個，我就覺得這是一家好飯店。在日本，這種事情會變成衛生問題，很難做到。小孩總是會跑來看貓。

第二天早晨，去看曼里克留下的建築和庭園。我不抱任何期待，輕鬆坐上紀諾駕駛的出租車，一大早出發。

沒甚麼特別的。這個島上除了火山、洞窟、海岸和風景，其他沒有可觀之處，所以抱著「就去唯一賣點的曼里克世界看看吧」的心情。

他設計的飯店游泳池和中庭，有的讓人感到庸俗，因此有心理準備可能會失望。

光看旅遊書上短短幾頁的蘭札羅特島介紹和上面的小小圖片，完全看不出個所以然。

沒想到這個在島外比較無名的建築家暨藝術家的完美主義和高品質，征服了我們，完全融入其作品中。

抵達曼里克的住宅前，先看到複雜巨大的銀色活動雕塑聳立眼前。幾何圖案的各式各樣金屬片交錯堆疊，在強風吹拂下，各自搖擺晃動。

雖然非常符合島上濃密藍天的氛圍，但那不像這個世界之物的異質外觀，讓我們以為是在做夢。明明是從沒看過的東西，卻清楚知道。

像一棵有機而持續複雜運作的大樹，也像無機但設計完美的飛天太空船。

「不錯哦，動作複雜。」

紀諾說。

「這麼大！」

我感覺到，在這風勢強大的島上，創作活動雕塑幾乎是藝術家的必然所為。如果不是真心愛這個島、融入這個島，想不出這麼巨大的活動雕塑。那不是一般裝飾，真的像建築物一樣巨大。

通往曼里克住宅的長長小徑上，我們已經雙手緊握。

我們已完全沉醉在這過度的美之中。

看見的東西都散發同樣的光采。另一個紅色和黃色的活動雕塑在入口附近，呈現另一種複雜的擺動。這些活動雕塑彷彿在說，如果把風染上顏色並賦予形狀，就是這樣擺動的呦！

屋中裝飾著曼里克的作品和他的畫家朋友的作品，最吸引我們的，是有如洞窟、雪白但陰暗的走廊，陽光從半地下、有機設計的天窗灑進來。小水池裡裝滿波光粼粼的藍水，一棵椰子樹的影子映在水中。半室外的房間各有不同的設計，一一搭配相應的燈光。

我們像做夢似的繞過每個魔法迷宮般的房間，著魔似的走著。不時有一腳輕輕踏入異次元的興奮。沒有失望，愈是深入其中，魔法愈見深奧。

這是走在別人瑰麗的夢中。

我們雖然沒有交談，但知道彼此都會這樣說。

站在賣店前喝咖啡時，我們數度嘆息。

「這裡的東西都像被魔法之手觸摸後變成黃金似的，光和植物都是。」

我輕輕呢喃。

地下庭園更見精采。

就連輕聲流動的音樂都顯得有點干擾。那個空間的氣氛是無邊無際的靜。是凡人不得存在其中的神聖世界。

裡面的人都輕聲低語，像徜徉在天國般緩慢移動，映在水中。雖是西班牙的盛夏季節，這裡卻有靈界意趣般的沁涼。我們沒有言語，只是恍遊其中。映在水中的另一個世界比真實的世界還要寧靜美麗。

燈具都用粗大的鏈子鑲邊，一處投射出來的光，照到洞窟下的水底。立體凸顯出綠色搖曳的水底，像一個房間的形狀。水邊有生存在幽暗世界的雪白小螃蟹和蝦子，像精靈似的飄飄爬行。

坐在石造的清涼長凳上，我和紀諾還是牽著手。傳達著深怕一開口就會破壞無遺的纖細感想。

出口的地方，有個比曼里克自宅還大很多的水池，有一棵樹幹微彎的巨大椰子樹影投映在水中。我們同時在想，這棵椰子樹幹的彎曲幅度一定經過精密計算。一種縹緲的美。涼風吹過，椰樹輕搖。湛藍的水在雪白的池中輕輕搖晃。

「我們飯店的水池和這裡的比較，顯得有點雜亂。雖然都是曼里克設計的。」我說。

「那是長時間一點一點加入現場的感覺所形成的，飯店有太多人出入，管理不易。無法像這裡寧靜保持原樣，連一個垃圾桶的格格不入感都不能有。」紀諾說。

仙人掌園裡太熱，仙人掌又太多，覺得有點不舒服，但是靠近細看停車場的鐵製巨大仙人掌，感動同時，特別想念媽媽。連刺都是金屬做成，但不尖銳。我觸摸時輕輕一笑。媽媽要是來到這裡，可能會說一輩子都要留在這裡。

能將仙人掌盡收眼底的咖啡廳，輾小麥用的小風車聳立其中，也都不錯。媽媽如果來到這裡，大概要花好幾個鐘頭和仙人掌說話。各式各樣的仙人掌擁擠種在一起，看起來像仙人掌墳場，也像農場。

最後參觀的展望台，是凸出海岸的玻璃帷幕構造，眼前只有看似令人頭暈的海和懸崖的景色。這裡位在島的邊緣，沒有任何妨礙視野的東西，只有令人一一讚賞的極簡建築和照明。我們已完全臣服於曼里克，滿腦子都是這位奇妙偉大的人物，幾乎沒有開口。

「在這個島上生長，一定都想這樣做。」

我說。

「這個島上乍看是缺點的部分都被納入建築中。不下雨，有洞窟，洞中有洞，讓自然光透射進來，滿滿的仙人掌。懸崖邊眺望的無邊大海景色也美……，還有火山，不過，連公園裡的建築都是他設計的呢。」

紀諾說。

我心想，像這樣凡事都能心領神會，果然像家人。

我對很多事情本來就不在乎，跟他在一起時，更完全不在乎襯衫有沒有汗漬，臉會不會曬花。

那是因為他的包容力太大。

我們不知不覺挽著手臂、或是牽著手、或是輕推背部走著。看似新婚夫妻，感覺更像老夫老妻。

「他竟然可以為這個世界完成這些事！」

坐在崖邊，紀諾說。

展望台邊，有個眺望海景的懸崖，我們在那裡小坐休息。看了太多氣勢懾人的作品，心情像颱風橫掃過後的街道般清爽。

我們的心情和早上時截然不同。看了太多美麗精緻的卓越作品，感嘆這樣偉大的曼里克名聲太不顯揚，全身沉沉感受他在這無名地方獨自深耕的意義。我們知道彼此都是這樣想。我們並非蓄意要來這個有那麼多精彩作品的島。只是想來看看這島上唯一有名的人留下的東西。但是，他的作品遠遠超出我們的預期。他讓我們知道，如果不是深愛這個地方，不抱著即使沒有人看也絕對要做的想法，無法成就那些作品。

「果然，我不想以找貓為本業，我想畫畫。」

那些話是對我說，但更像對他自己和宇宙的宣言。

「生命的時間或許已不夠用，縱使是最心愛的人所希望的，但找貓終究是別人的工作，不是我的工作。」

「我也想以不同的形式這樣做。」

我說。我很高興紀諾產生了一點夢見太太以外的積極展望。

「我想走得比現在更遠。」

「那要更開放心胸不可。」

紀諾說。

那句話深深沁入爸爸死後茫然徘徊的我心裡。

「我即使不出名也行，沒有人知道我也無所謂。」

我說：

「我不想只滿足於自己的世界，我如果去留學，你會來看我嗎？」

「當然。妳一定很快學會的，見識很多東西。我期待看到妳留學後技術會有甚麼改變，也期待去玩。」

絲毫不帶寂寞的語氣，不像平常容易感到寂寞的男人。是一無所求的人特有的感覺。

「有過那樣寂寞的想法後，再也沒有甚麼可怕的了。我有很長的時間沒有親人，十五歲開始就獨自生活。太太是拿了錢，和家裡斷絕關係，我們相依為命，她卻死了。我一個人包辦葬禮，只有鄰居和貓陪伴。太太死了以後，我就過著身邊只有編輯和畫廊的人的日子。對於物理性的寂寞感覺早已稀鬆平常。」

紀諾像察覺我的心情。

「你也沒有爸爸和媽媽？」

我對這剛剛知道的事實感到衝擊。

「我以為你們是私奔，所以沒問你的親人。」

「我小時候他們就車禍死了。慈祥的阿姨收養我，還有一起長大的表哥，不是完全沒有親戚。只是他們搬家了，現在住在米蘭，很少見面。但我從米克諾斯回國時會順路去看他們。」

「原來如此。」

我終於知道他不太像日本人、雖在同個房間、也不太說話搞熱氣氛的感覺是怎麼來的了。

想到他在日本，而我要去歐洲，覺得有點寂寞。我難得會想這種事情。以前我離開家人也不感到寂寞，除了因為一直和莎拉在一起，也因為總是在移動。或許因為隨時在前往某個地方的交通工具上而失去了時間意識。飛機上、輪船中、電車裡，都有和現在是何時、要前往何處等毫無關係的同質空間。就像吸血鬼黎明時躺進棺材裡一樣，我在其中均衡地保有甚麼。

因此，我能夠知曉寂寞，真是太好了。因為紀諾的關係，景色變得更美。度過的時間更優雅。回憶不像激烈的暴雨，而像柔軟的雪花輕輕飄下。

「今天早上在溫室照顧仙人掌時，它們告訴我：

諾利正在有很多仙人掌的地方。

它們讓我看到土地乾燥、仙人掌長得像大樹、仙人掌田一望無際的景色。

各式各樣的仙人掌黏著許多小仙人掌，看起來是個幸福、風大的涼快地方。

是聖塔菲還是墨西哥？但又不太像，該不會是歐洲吧？總覺得有那種氣息，很像外曾祖母旅居多年的馬爾他島。

媽媽現在抱著一點觀光的心情住在伊是名島，看守他的房子和照顧甘蔗田。

雖然無事可做，但去卡拉OK唱歌，滿受歡迎的；奮力爬上舊城遺址，眺望遠處的風景；去看樹林深處的大榕樹，抓了一百多隻寄居蟹又放生，也是極好的恢復身心假期。前些天，爸爸2要去九州之前，順道過來看看。我原不希望他來我男友的家，但我正好有空，還算順利。然後，送他離開。

當船離港時，我為甚麼那樣感動呢？眼淚幾乎流出來。我並不愛爸爸2，但是看到他站在甲板上揮手時，感覺過去的許多事情都像一場美麗的夢。莫名有著和他結婚多年、生養孩子、如今都已年華老去的感覺。這樣也還好吧。

中學生拋灑的彩帶，在風中繽紛飛揚。

想到我那無悔的人生，眼淚流了出來。

茫然若失地坐在港口的長凳上，吃著冰淇淋，看著名嘉睦稔的大型壁畫。這個島上真的有那些看似神聖的男女吧，雖然從沒看到，但還是這樣想。

剛才也說過，樹林裡有大榕樹，也有比沖繩本島看到的果實更大的林投樹（野菠蘿），是和讀谷完全不同的世界。也有別於本島北部山區與那霸地區。沖繩是個寶地，希望大家都珍愛它，當然自己要先做到。人難免犯錯，但不要踐踏這裡的土地、遇到的人和去到的地方。

民宿旅館裡有仙人掌的組合盆栽，因為土壤已經死了，我跟旅館的人打過招呼，今天逕自去移植。於是，仙人掌告訴我妳的事情。我猜是妳那邊的仙人掌使用心電感應傳過來的。

另外，它們還讓媽媽看到巨大假仙人掌聳立的停車場，真的有那個東西嗎？連仙人掌的刺都有，不是木頭製，是金屬製。如果這世上真有那個東西，我想去看看。和爸爸2一起吧。感覺到大海和潮水的味道。

不再痛苦了吧？

痛苦的時候，就想想小時候。

我和爸爸及爸爸2是如何疼愛撫養妳，爸爸死的時候，是多麼感謝有妳在身邊。

我們都像河馬張著大口，流著興奮的眼淚，關注妳會走路、會笑、會丟東西、還有打瞌睡時的所有模樣。外曾祖母雖然不太談這些事，也是同樣的心情。

如果這個世上有神，用這種眼神俯看人間，這世上就不會有寂寞了。妳就是在那種眼神的關注下長大的。

當然，生活不是一直甜美的，人生基本上是鬱卒的。辛苦、無聊、遲鈍、悲哀、痛苦。

所以，有那個眼神關注，多麼幸運。

媽媽自小父母不在，以為自己不曾有過這種幸運。外曾祖母那時很嚴厲。但是妳出生後，看到她看妳的眼神時，我才知道事實不是那樣，我一樣得到過這種蘊含祈願的關注眼神。果然，年輕時的我好像很傲慢。

倘若妳現在死了，媽媽也不能為妳做甚麼。因為那是妳的人生，是妳的問題。但真要變成那樣，媽媽也會痛苦得想死。

不過，媽媽沒有後悔，我愛妳、祈禱妳平安無事，這裡面沒有一絲謊言虛假。唯有這點，可在媽媽人生最後的最後，帶著前往美好國土的自信。

除了那個自信，我死的時候，沒有任何可以帶走的東西。

為了增加那個自信，雖然不知道有沒有人在看，我也不會對自己說謊。

然而，不說謊，反而變成奇怪的人生。一直處在社會的邊緣。和仙人掌說話的瘋女人。但我可以靠此謀生，無所謂啦。

妳是非常溫和的孩子，只會說溫和的話語，因此，難過的時候可能很多，在這千奇百怪的世界中，父母實際上已無法守護妳。但依然認為你的溫和很可貴。

就請你一直保有那份溫和吧。

明明這世上的父母多半期望子女如此，但為甚麼這世界不能夠和平呢？

一定是這世界太大了，大到時間和空間過度混雜，許多事情同時發生，一個波瀾又掀起新的波瀾……。

所以，死的時候能不能帶有那個小小的自信，就是一切，希望妳不會忘記。

最好的武器就是最大的弱點，認定目標，總是需要花時間。

雖然知道妳不會有問題，還是草草寫就。

媽媽」

媽媽為甚麼突然寫這封信？

我在飯店大廳仙人掌樹叢旁的沙發上檢查郵件，感覺好像永遠在媽媽的視線下，一陣悚然。

我試著跟身旁的仙人掌說：

「不要擅自窺探我的內心告訴媽媽。是你說的，對不？因為我一直坐在這裡。」

仙人掌默然無語。

只有媽媽能和仙人掌溝通，我是甚麼都不能傳達。可是我也喜歡仙人掌，就像和家人在一起那樣放鬆。雖然多刺，但它們是我可以輕輕依偎的溫柔生物。這樣樸素的外表能長出那樣碩大美麗的粉紅和紅色花朵，太神奇了。

傍晚的風輕輕吹過游泳池畔。

和米克諾斯不一樣，這個島上的風很冷。即使是太陽曬得皮膚灼熱刺痛的時間帶，風還是清冷橫掃大地。曼里克設計的飯店白色游泳池，蓄滿湛藍的水，美麗地循環。池畔也裝飾著美麗的仙人掌、絲蘭、蕨類。

飯店裡有很多家族同遊的客人，隨時有小孩跑來跑去。形形色色的人發出各式各樣的聲音，樂隊在布幔後面排練。

儘管如此，處在曼里克的世界中，感覺非常安靜。

比起曼里克的家和庭園，飯店設計的完美成色較淡。

但還是有像在另一個世界、聲音都被吞噬的寧靜瞬間。所有的聲音變成一個安靜的旋律，被這個島的熔岩形成的泥土吸收殆盡。

泳池對面，零星看到在漆黑岩石密布的海岸散步的各色人影。像是這個世界盡頭的不可思議風景。

「媽媽：

我現在和一個非常傷心的男人在西班牙的蘭札羅特島。

我現在只能告訴妳這些。

我們不是戀人，我沒騙人，也沒被騙。

沒有任何決定，只是湊在一起。

這個島上確實有一個大仙人掌園，可以說得上是仙人掌庭院吧？有感覺超棒的建築，有建造島上特有風車的公園，還有可以一邊喝茶一邊觀賞仙人掌的咖啡廳。咖啡廳裡面，燈光都是仙人掌造型，連洗手間的門把也是仙人掌。媽媽如果來到這裡，可能高興得發瘋。

這裡的停車場裡確實有個巨大的假仙人掌。我和他遠遠看到時，都驚訝竟然有那麼大的仙人掌，走近一看，發現是金屬打造的作品，相視而笑。

我在相視而笑的眼中看到心型的記號。

然後我們拍下被假仙人掌刺到的照片，看起來就像毫無問題的情侶。

下回我們一起來吧。這麼奇怪的地方，媽媽不來會遺憾的。你不會相信，仙人掌竟有這麼偏的一面。

愛你的諾利」

寄出信後，關上電腦時，紀諾過來，坐在眼前。

休閒褲、棉夾克，裡面是淡藍T恤。

這副裝扮很搭配他清淡的五官。雖然身材修長，但脖子很粗，肩膀厚實。

「今天吃甚麼？肉？魚？」

紀諾問。

飯店的晚餐是自助式，可以選自己喜歡的吃。

廚師就在眼前現烤魚和肉。

這裡的工作人員都樸素親切，說一聲謝謝，他們必定笑臉奉上盤子。

我和紀諾已經像在一起一百年似的，毫無激動和爭強的心情。只感覺這就是平常的我們。

「我今天想吃羊肉。」

我說，聲音像對小孩子說話時的溫柔。

「我今天想吃生蠔和白肉魚。」

紀諾高興地說。

像和孫子說話的爺爺那樣平靜。

能讓紀諾感到熱情的只有他死去的太太。雖然她已不在人世，但是想到這個，我的眼前一片漆黑。雖然一起旅行，雖然現在和他笑臉相對的是我，仍忍不住悲哀。

他們在他們的王國中打造出不會因為死亡就消失的美好回憶。

我無法加入其中。我知道。

他們現在還一起工作，他還住在她的房子裡。

我雖然喜歡紀諾，卻連誘惑他也做不到。更嚴重的是，我甚至沒有慾望。似乎我和莎拉在一起，錯過了學習如何度過戀愛之初那充滿激情的重要時期的方法，整個毀掉了。這樣的我，沒有對人燃燒熱情的狀態。

我雖然知道這裡是個關鍵，但紀諾在喜歡我到真正下定決心以前，是不會抱我吧。我知道，在真正的時機來臨前，我們若是同床共枕，只會糟蹋彼此。我們並沒有談過這件事。一次也沒有。只是認為彼此都這樣想。
這不是幻想。像平常一樣，我們之間確實有著可以觸動彼此內心的東西。所以才會再度同遊。
若是平常，我不會做這樣緊張的旅行。萬一我們之間沒有發生類似一年前的那種特別化學反應？萬一知道那是幻夢一場時而激情消退？萬一讓他失望了？這一年來他在我心中愈發美好，萬一我對實際的他感到失望呢？
當我這樣想時，就悄悄取出米克諾斯的美好回憶。這個膽怯的部分是我和莎拉唯一相似之處。
坐著對飲在這裡都喝的Cava氣泡酒，這是紀諾連喝幾天後、酒保都會問「老樣子？」的甜蜜夢幻美酒。
我每次只喝一杯，每喝一口，就想著爸爸的最後一口。
「這種生活一直繼續下去就好了。」
紀諾說，像是看穿我的心思。

「這種生活？」

「黃昏時想著去Buffet吃甚麼的生活。不必一個人吃飯的生活。眼前一直有大海或游泳池的生活。」

「是啊，但如果一直過著那種生活，可能會靜靜地沉溺在裡面，清澈地、靜靜地。」

因為第一次來，在這個島上沒有任何隔閡，也沒有拘束。

想到這個世界中我認識的人只有紀諾，感覺更加親近。

想到我們好像只能存在於這裡，又輕輕打個寒顫。

旅行的最後那天，黎明時被聒噪的鳥聲吵醒，紀諾已經醒來。

「起來啦？」

我問。紀諾以像從夢中走出來的眼神看著我。

「最近聽過這麼多的鳥叫聲嗎？」

黎明之前的這個島，似將因為鳥的歌唱而爆炸，各種鳥聲以各自的音調唱著讚美這世界的歌，昭告早晨來臨。

「好像沒有。」

我還迷迷糊糊的，只能這麼說。

「我家附近有一戶有很多樹的人家，每到黃昏，群鳥就飛回樹叢，熱熱鬧鬧聒噪不停，差不多就是這樣吧。」

「我想，總有一天，覺得聽到這種鳥聲很奢侈的日子會來臨。」

紀諾說出和媽媽同樣的話。

「在那種世界，我不能生存耶。如果變成那樣，我不知道還能不能激發靈感製作手環？應該無法工作了。」

我說。

「到時，我們就逐鳥聲而居吧。不過，在我們有生之年，或許還沒問題。」

紀諾說：

「妳說，東京現在還有蟋蟀嗎？還有灶馬嗎？

「是不是不知不覺中都不見了？

「妳不覺得秋天到了，怎麼不見紅蜻蜓滿天飛？

「海裡面的珊瑚不都白化了？在水族館之外，看得到活珊瑚嗎？」

「對啊，東京可能已經沒有秋天蟋蟀叫的印象了。我常住沖繩，都忘了這事。東京大概只剩下螞蟻和小蜘蛛，雖然還看得見毛毛蟲，但青蟲很少。」

平常隨便往地上一看都會嚇一跳的滿地蠕動蟲子確實減少了。連麻雀好像都變少了。雖然還有鴿子，但看起來不幸福。烏鴉也完全被當成蟑螂看待。

「現在，狗一隨地撒尿，大家就拿寶特瓶澆水沖乾淨。我不太明白這個意義，但那種想法當道後，野狗好像都不見了，也不放任野貓亂竄了。家貓都要植入動物晶片，沒有晶片的貓可以撲殺，如果把人也做這種區別，如何是好？總有一天，大家也會對人那樣做。」

紀諾說：

「我們家的貓，現在還能在外面自由走動，以後會怎樣呢？在我們的世代，或許還好，即使被鄰居驅趕搬家，還能和各種生物一起生活。早晨在鳥叫聲中醒來，夜晚聽著各種蟲鳴入睡。

「但是，下一個世代呢？不要緊嗎？即使不知道蜜蜂和鳥，人也可以活下去嗎？」

我緊握雙手。那句話脫口而出。我第一次真正了解媽媽生我時的心情。還有莎拉離開我的心情。是嗎？有了心愛的人就會這樣。

「我要生你的孩子，我要讓那孩子看到以前的世界！」

紀諾並不特別驚訝。

「但不是現在，我不是在勾引你。但，總有一天。」

我說。

紀諾點點頭，「嗯！」定睛看著前方。

他是不想點頭時絕不點頭的人。

因此，我認為他是真心同意。

我好高興。為那種事情高興，實在很不像我。過去不曾為任何人這樣想過。

我確定自己不是爸爸和媽媽幸福戀愛的結果。

爸爸和爸爸2是想要孩子的同性戀情侶，媽媽對爸爸抱著瘋狂奇妙的單相思，我是這兩個因素複雜交織下，來到這個世界的不成材怪咖。

但我不曾負面想過這件事。

總是在接近轉為負面的底線前，想著我是被期待、被寵愛而生。沒有人告訴我這種心情。想把這個人的甚麼繼續留在這世上。媽媽一定真心認為，只有她能夠留下爸爸的一切。

媽媽靠著單戀支持她的人生，沒有後悔，不時調整自我，奮鬥求生。現在我也走上類似的路。曾經為和自己太不相同的莎拉焦慮苦惱的我，實在幼稚。

昏昏欲睡，我的身心彷彿融入灰藍色的天空。天空正好形成玉髓色，粉紅交織著亮白的淡藍色。太陽即將升起，那熾熱的光又將開始照射世界，一切變得明亮刺眼。

可是現在，一切都融入那朦朧的色彩中。拉開一點縫隙的厚窗簾輕搖，涼風輕撫臉頰。

「我太太死後，不曾有過這樣平靜的旅行。心靜，鳥聲滲入心底。很久沒有這樣沉穩舒緩地呼吸了。謝謝妳。」

睡眼惺忪，可以看到毛孔和稀疏的鬍鬚渣，紀諾的外表一點也不好看。短褲底下露出小學生似的腿，毛茸茸的，整個人放鬆至極。

看到他把頭埋在雪白枕頭裡的迷糊樣子，是一種幸福。我也正沉入枕頭、沉入床鋪中。覺得有點可惜，因為我還想再看看黎明，想看最初的光，想看紀諾，想一直留在這個房間的清晨氣氛中。

想永遠看著這個世界。

但是，已經到達極限。

我沉沉陷入睡眠。

自蘭札羅特返國後，我和紀諾的關係穩定在那裡。

那是忙著別的事情暫時忘記了也不會變淡的濃度。

如果是以性為主的關係，不會這樣。

那會總是不安、越有痛苦不快的事情越迷戀對方。讓對方看到弱點，自己難過，連自己的心情都不懂了。

我和莎拉一直是這樣。

因為只是莎拉在肉體上和精神上尋求我的關係，我總是感到不安。因為是一心迷戀莎拉的感情，所以裡面沒有自己。就像網路上苦戀的男孩，看著對方的自己總是一個悲戚透明的幽靈。

我第一次知道不是那樣的「喜歡」，我有重生的感覺。

我想去紀諾的工作室，想看他的所有作品。

雖然他太太的親人並不在那個家中，但是去他太太的家，還是有點緊張。

我提早抵達，為了紓解緊張，走進他家附近的咖啡廳。想喝一杯濃郁的咖啡振作心情。

那是一家常春藤纏繞、舊式裝潢的老咖啡廳，窗邊的座位是沙發。我坐在那裡，打量店中古老的裝飾、陽光曬黃的書本和圖畫。小畫框中有張褪色的照片，仔細一看，是被一群貓圍住的女人。

我直覺感到，那是紀諾的太太。

「那位愛貓的小姐叫瑪麗，總是坐在妳那個位子。她第一次來這裡，是為了分發尋找收養貓咪人士的傳單，很年輕就車禍死了，我們都好驚訝。」

穿著圍裙的咖啡廳老闆笑嘻嘻對著緊盯照片的我說。他過來點餐，是個沉穩親切的老先生。

「她是我朋友的太太。」

我微笑說。

「啊，就是那個哭個不停的先生。太太死後，他常來這裡，可是一直哭，害我好難過，於是一直幫他咖啡續杯。」

老闆笑說。

照片中的她充滿野性。

眼睛像貓眼一樣炯炯有光，皮膚曬得斑斑點點，頭髮蓬亂，一襲連身吊帶褲，平底涼鞋。和紀諾畫中羅蘭珊風格的溫柔女人差很多。

但是看到她纖細的手指包住咖啡杯的樣子，我感到無比的溫柔和暖意。

不論多麼古怪，但她是理解一杯咖啡生命的人。以非常溫柔的心情包住咖啡。那是外曾祖母和媽媽看見後會說「這樣喝藥草茶的人才有效」的拿杯方式。像捧著雞蛋一樣。但是外曾祖母還說，這樣的人比較適合留在神的旁邊，多半早早就去那裡了。

看著瑪麗的手，感覺像被那溫柔的觸摸包覆，意外地流出眼淚。

老先生假裝沒看到，迅速離開，拿著濕毛巾回來。

我接過來，擦拭眼淚。

雖然是再怎麼消毒也不知道何時何地何人使用、又如何堆放後才送去清洗的濕毛巾，但在此刻，如同救命繩索般重要。

「謝謝，我要特調咖啡。」

老先生說「好的」，回到吧台裡面。

我還盯著照片。

褪色的照片中，瑪麗的表情靦腆。散發不向任何人敞開心房的野貓氣氛。高尚、剛強、美麗。

在老咖啡廳有點陳舊的霉味包圍中，我和她面對面。沙發皮有點龜裂，坐墊也因多人坐過，變得較薄，但歷史之物擁有的獨特厚重感穩穩盤踞這裡，感覺很舒服。

這個位置可以看見午後陽光照在店外馬路和花草上的景致。

那麼，一定也可以看見夕陽沉入對面高樓之間的景致。

這是可以看見時間推移變化的座位。

「讓您久等了，特調咖啡。」

老先生把顏色濃郁漂亮的咖啡輕輕放在我眼前。

我像她那樣，輕輕用手包住咖啡杯。那細膩滴入老先生的心的飲料。那經過漫長旅途來到這裡的咖啡生命。那些現在大家都不屑一顧的東西在這杯中呼吸。

她和媽媽一樣，是知道這個祕密的人。心靈富裕的人。

媽媽真心交往的初戀情人，是在仙人掌園和媽媽相遇。

而他，最後還是回到他初戀的年長女人身邊。

媽媽談起這件事的時候，真的滿心憾恨，緊握拳頭，咬緊牙根。

媽媽說，因為那件事，媽媽只剩下爸爸，只好跳入和爸爸及爸爸2的奇怪三角關係中，但如果沒有那件事，妳也不會來到這個世界，所以，還算好吧。

只有一次，我和實在壓抑不住好奇心的媽媽偷偷去看那棟房子。

媽媽，為甚麼要這樣？這樣做好像盯梢者。堂堂正正從大門進去不好嗎？你們不是認識嗎？不是已經沒有依戀了嗎？

我說。和媽媽躲在電線桿後面，附近的人不客氣打量我們，我們窺探哪家大門的樣子昭然若揭，好丟臉。他們萬一跑去通知，怎麼辦？

媽媽那個脫線的地方真的很可愛。

我一輩子也忘不了媽媽像漫畫中的偵探，從電線桿後面探出半個身子，骨碌盯著人家房子的模樣。媽媽始終很認真。

我呢，只是想進去那夢境一般的房子看看。

可以形容那是植物的迪士尼樂園嗎？有如手工製品的完美庭園存在那裡。進門處的玫瑰拱門、蘆薈小徑、仙人掌叢、覆蓋整座房子的九重葛上無數的粉紅葉片和白色小花，精心布置的美，彷彿電腦繪圖做出來的光亮迷人。

地上鋪的石頭是用馬賽克方式一個一個做好，流暢延續到玄關。

園子裡的花房像海上的小木船，有著美麗的曲線。小鳥和蝴蝶在園中靜靜飛舞，不知何處傳來淙淙的水聲。

我抬頭一看，媽媽哭了。

「多麼美的庭園啊！真好！」

媽媽說：

「我的退出，讓這麼美麗的庭園誕生在這世上，雖然憾恨，但有價值，真的很好！」

我聽了，覺得媽媽是個好人，處在麻煩年紀的我，鬆一口氣。

這時，玄關大門打開，走出一個微禿的中年男人，是個五官端正、戴著眼鏡的老實人。他是媽媽的老情人嗎……，我以一種古怪的心情凝視他。

他走到隔著兩棟房子的停車場，開著精心保養的黑色Mini Cooper過來。玄關的老舊木門再次打開，走出一個非常做作（在我眼中是如此）的女人。是已經可以稱她老太太的年齡，穿著一身燙得筆挺的麻料衣衫，像不沾染一絲世上污濁的透明感覺，飄然坐到駕駛座旁。

媽媽抱著胳臂說：

「唔，我還是不中意那個女人。」

「你為甚麼用關西腔？」

「這和討厭的感覺有點不同嘛。不過，那人選擇了她，果然變了。肯定是我過得比較好。」

「媽媽是幸福的人。」

我是真心的，不是挖苦。

媽媽滿臉是笑，看著我的眼睛。媽媽的生命光輝像炸開似的閃亮耀眼，我感到眼花。

「嗯，幸好來了。這園子造得比我想像中的還要漂亮，他們的關係也一如我想的那樣，我離開是對的。所以，看到這一切，真好。如果沒來看，或許一直掛在心上，幻想也更加膨脹擴大。」

「是甚麼事讓你覺得一定要離開？」

媽媽說，大門旁邊那個都是刺的仙人掌是我送他的，養得那麼大，照顧得那麼好，真的很好。

媽媽接著說：

「我如果和每天在這裡造園的他結婚，就會成為那個非常討厭的女人一輩子的奴隸，她會變成我生命的一部分，很像在社長煩人的公司裡任職。」

很像？我覺得不太一樣，但還是能理解一點媽媽的話。

「我喜歡有點缺失的東西甚於完美。我喜歡會動的東西，喜歡坑坑疤疤、笨拙的東西，喜歡妳爸爸，喜歡太愛你爸爸以至於搞壞身體的爸爸2，也喜歡養妳養到歇斯底里的我自己，這裡面有著我要的自由。」

我完全不了解，那個我覺得做作、但看起來不像壞人的女人，還有那個山羊（我覺得很像，擅自取了這個綽號的媽媽的老情人）。

但心情和媽媽一樣，無法想像那個男人和媽媽一起生活的樣子。

醉酒、摔跤、哭泣、發揮奇怪力量救人、和爸爸2激烈爭吵後踹牆、挖洞，做這些事情的人才像媽媽。

雖然說不上是好事，但媽媽的笑容只出現在這樣的生活中。媽媽雖不穩定，但不古怪，就只是媽媽。很多人幫助媽媽，為了讓她不扭曲自己的特殊成長和特殊才能而活。這一切形塑出媽媽，我認為這個媽媽才是我的媽媽。

如果媽媽和那個人生活，總有一天會被那個奇妙的安靜輕輕壓制，即使是輕如貓在手上的重量，也會壓抑她的自我，從內在摧毀媽媽。

最重要的是，那個人如果和媽媽結婚，我就不在這裡了。

想到「我不在這裡」的瞬間，高遠的天空、仙人掌、呼吸急促的媽媽被太陽曬乾的頭髮，都逼近我的胸口。可是，此刻我確實身在這裡。因為某個力量。

我喝著咖啡，想起那些事情。

咖啡輕輕滲入體內。像媽媽的藥草茶循環全身。

我深深感到她比媽媽更好、更天真。

今天，我知道了紀諾的太太並不令人討厭，也不做作，是個很好的人。而且具有類似我媽媽的那種野性。一點也不可恨。
我有點愛上她了，坐在同個沙發上想著她。
她的心裡只有貓，紀諾就像那個山羊把人生奉獻給那個做作的女人一樣，一直單戀著她。但是，我覺得紀諾比媽媽的老情人好。他雖然遲鈍、憨直，但值得信賴。
在同性的我眼中，瑪麗一定和紀諾心中那個強烈吸引他的瑪麗不同。但是她那超越理論的犀利光采吸引了我。
「不管貓的日子，她從早到晚坐在這裡，一直望著窗外，觀看太陽的移動。三杯咖啡，消磨八個鐘頭。到最後我總是認輸，再奉送一杯咖啡。對店裡來說，很不划算。」
老先生笑著說。
「不過，我從不討厭她在這裡。因為她時間拿捏得很好。她點紅豆湯圓咖啡時，總是像貓一樣狼吞虎嚥，讓人印象深刻。」

過來幫我添加開水的老先生又感慨地說：

「這個位子有人坐時，她轉身就走。她的時間安排和一般人不同，但很充裕。

「不知道為甚麼，只要她在，店裡的空氣就像會發出啪七啪七聲音似地新鮮四迸。那種感覺攝影照不出來。她在的時候，時間過得好快。我覺得她像在熾烈燃燒著甚麼而活。所以，她的人生雖短，我也不為她難過。

「她死後，貓還是常在路上等她。到處都有想見她的貓。雖然這故事不像『忠犬小八』那樣出名，但這附近的人看了都會哭。我到死也忘不了那個情景。」

老先生的眼眸閃爍著對她的溫柔。和紀諾的有點不同，但是，是一樣的眼神。

雖然瑪麗並不期望有人喜歡，但真正理解她的人都會深深喜歡她。

和媽媽及瑪麗相比，我是很普通的老實人，想到這點，心情有一點點低落。

但我依然能夠有所作為，靜靜做我能做的事，走我自己的路。我這樣決定。

「和你在日本見面，好像做夢，而且你還來到這個家。」

紀諾穿著短褲，拄著手杖，慢慢打開門。

看見那個模樣，低落的心情又開朗起來。

以前沒看過的那種習慣動作的感覺，讓我感受到他住在這屋子裡的過往，有一點難過。於是一直想著，不可以感到難過，不可以，我是那麼喜歡瑪麗啊。

「可以打擾嗎？」

我說。

那房子的破爛情況讓人震撼。冷氣機相當老舊，在外面都聽得見轟轟的聲音，地板到處缺落。缺落的地方雖有補強，但和在金屬上鑿孔加工、無所不能的媽媽不一樣，補得粗製濫造。或是鋪上厚紙板，或是隨便釘上木板。

但因為都塗上淡色油漆，有手工的工作室氣氛，感覺很好。

狹長形的平房牆壁到處毀壞，貓來去自如。貓和房子相反，都打理得很乾淨，營養也充足。

「好漂亮的貓！」

我只能這樣說。

「都是我引以為傲的貓！」

紀諾笑嘻嘻說。

在他來以前，和父母斷絕關係的女孩一直在這裡和貓相依為命，貓是她的一切，貓也回應這一點。

我發現牆上挖了幾個貓可以通行的洞。冬天時想必很冷。喜歡裝潢屋子的爸爸2看了，恐怕會發瘋，這麼古怪的房子！

這些貓就像傳說中的雪豹，體態昂然，走來走去，隨地趴臥，美得高傲。這已表達了一切。

「進來吧，茶已經泡好，請到我的工作室。」

大門口掛著「尋貓」的小招牌。

美麗彩虹下有隻貓的簡單圖案，另外就是不顯眼的手機號碼。彷彿在說，請不要發現這個工作，只要真正有需要的人發現就好。沒錯，就和外曾祖母及媽媽做的工作一樣。

我好想擁抱那獨自做到這一切的紀諾。

工作室的天花板很高，地板沾著顏料，豎著各式各樣的畫，牆上貼著素描和塗上淡淡色彩的底稿。主要是他太太和貓的畫，也有很多他以前的畫。我小心避免踢倒、弄髒那些畫，輕步踏上工作室。看到工作室，就能明白那個人是不是真心作畫？是否邂逅了繪畫之神？是否無意義地裝腔作勢？有沒有為了炫耀而誇張甚麼？

紀諾是完美的。完美到相信自己的才華，而且能夠控制。如果我能畫出這樣的畫，或許為了守住才華，會丟開夢見貓的事情不管，假裝沒這回事。而他，一直這樣付出，嫌他遲鈍憨直的我，反而顯得醜陋了。

「我好像老是哭。」

我流著淚說。

這樣的人恬靜生活在混亂的東京，而且在那麼遠的地方和我偶然相遇，真是奇蹟。

「這些貓都死了以後，小貓或許不再來，世代也交替了，那時候我也一定是老頭子了，所以，我會想辦法一直保持這房子到那個時候。」

紀諾說：

「貓不喜歡變更地方，喜歡悠哉一生。如果必須搬家時，到時再打算吧。你可以隨時來玩，住下來也行。我太太絕對不會生氣。她總是說，我有貓陪伴，如果我先死了，你可以和別人住在這裡。說得好像這破房子是個珍寶似的。而且，除了冬天，她常常和貓睡在院子和公園裡。只有我留守這裡。」

紀諾露出微笑。

「你家好像有很多房子，住在這裡或許說不過去。」

那份悠閒呈現在他的畫中，放鬆了我的心情。但我沒說出來。

在這凡事匆忙的時代。

莎拉灌輸我，人活著就必須有所成就，不能只是心靈的向上提升。眼睛看得到的成績還是很重要，不在美麗的事物包圍中生活，眼光會變得奇怪。可以看見隱形事物的人的這番話，很有說服力，所以我一直認為自己有所不足。

但是我看到爸爸，知道人即使沒做甚麼出色的工作，也能活得偉大。紀諾、曼里克、瑪麗都是這樣。那家咖啡廳的老先生也是。沒有出書，也不想聞名世界。

長時間受到莎拉太多的影響，我不知如何讓自己真正了悟。爸爸說我會創作高級珠寶，但不是為了知名度或金錢，而是各種寶石呼喚我。設計已經在那裡，只有我看得見，別人看不見，我必須把它們具體化為現實，一一展現在世上。這和因為想吃東西而切蘋果和剝銀杏幾乎無異。很難向莎拉說明。

因為有生命，所以活著，不是為了成就甚麼而活著，我能真心察覺這點並且斷然說出來，多虧有紀諾的存在。

「肚子好餓，早上到現在都沒吃，去吃點東西吧？到那邊隨便吃一點。」

紀諾說。

「好啊，我再摸摸貓。」

我微笑說，貓不知何時跳到我的膝蓋上睡著，我的心情就像瑪麗允許我進來這裡一樣。

我知道瑪麗除了貓，沒有那麼喜歡的東西，認為紀諾的優點也只是還好而已，接受他也無妨。就像莎拉接受因為人性弱點而仰慕她的我一樣。

我和紀諾都有一些缺點，能夠理解彼此「自己有份工作、喜歡的人願意接受自己、那就夠了」的類似性情。

原以為這樣的人依偎在一起，應該是更老以後，這時發現，也不盡然是這樣。媽媽和爸爸2的感情本來一點也不好，是中間夾著爸爸的情敵關係，但是中年以後，卻相互依靠生活。

爸爸2常說他們的關係是「殘存者因為過去的習性而無奈地在一起」，也不完全是玩笑。

我在青春期的潔癖時期，覺得那種不正常的關係有點不舒服，勸他們乾脆離婚算了，但他們都搖頭，「做不到，因為這是孽緣」，「都深深理解到這個地步了，不能把那樣怪的人再託付給別人」，都說維持現狀就好。

他們都深愛著同一個人。爸爸一定還生活在他們之間，不是在回憶中。如果分開，以爸爸為主的生活就沒有了，對他們來說，這是致命的傷痛。而且，他們和爸爸共有的我的存在，讓他們感到幸福，那是千真萬確，所以我是如此無條件地允許自己存在。

「在夢中，我以為沒有你就活不下去。說是夢中，其實更像是另一個我。但實際見面後，甚麼事都沒有。好奇怪的感覺。」

我說。

「不就是這麼回事嗎？」

紀諾說：

「照顧貓和照顧院子的事情做到底，就是通往世界的門，世界總會改變。和那一樣，我們現在的距離就是那樣。」

討厭，甚麼都能理解，這個貓仙人！

甚麼都能理解，是他自己思考得來的吧。不問別人的意見，不受任何事物動搖，只用自己的頭腦思考。

我為那樣的紀諾驕傲。

最後一次去看莎拉，是在去蘭札羅特之前。

那時幾乎半忘記了紀諾，心緒正柔弱，於是買了蛋糕，順路去看她。

過去，我們一起喝茶吃點心有好幾千次了吧。

我們不太說話，有時候依偎著調情。

莎拉很自然地笑著讓我進屋，我高興得差點掉淚，發現她正和別人講電話。

她讓對方等了很久後，才又拿起電話。

「抱歉，有客人來。嗯，是啊，不要緊。好、嗯。」

漫不經心的電話對應，是她對心中已經割捨的過去之人特有的表現。大概電話那端的人也遭到這種待遇。我此刻也是。在她眼中，還可以看到一點點感情，回憶溫暖了彼此，但「想不出更多的回憶、還是快快離開吧」的心情更重。

是那麼讓人無法招架。她的特殊人生、奇妙魅力。

如果把她想做是藝人，更容易理解。大家聚在她身邊、共度時間、想要吸取一點她的光采。那以如此存在度過的奇妙半生。

還有，幼年時她在山上不常跟父母同住、但在外人之間受到公主般待遇的嬉皮生活的偏差。有一次，她輕鬆地說，小時候常常被熟人誘拐大半天，心想被怎麼樣都不會死，也就隨他去。那些事情造就了她的高傲和豁達。

既然知道這些，不要見面比較好，但過去的瞬間偶爾會甦醒。感覺曾經為一點古怪小事相對而笑的兩人，又回到友情誕生瞬間的幼年時期，忘掉種種不愉快，一切都回到從前。

於是，再度來看她，但我終於知道，不論等到何時，那都已經不可能了。

明明傷痕累累，仍然強顏歡笑，因為過去的習慣而笑的兩人都很悲哀，回到家後，心情也不開朗。想起她的時候，心中出現奇怪的陰影。不是與強光相反的陰影，而是淡淡的幽暗。朦朦朧朧將我覆蓋，我像要被勒死似的意外脆弱。

察覺到不是每個人都張著水汪汪大眼想要幸福的悲哀。

彷彿有人這樣說，你的身邊都是虛矯掩飾，表面逞強，其實內心隱藏許多祕密。人家這樣說出來，我莫名感到鬆一口氣。心情雖然低落，但有安心的感覺。

好像處在那種狀況久了，自己會從裡面開始腐爛。

望著黃昏的天空，心想，雖然知道不可以這樣，但不知甚麼時候停止才好。

全都是過去的事了，此刻的晚霞是現在的晚霞，是今天才有的新的光芒。即使這樣想，心情依舊一直回到過去。

爸爸為甚麼沒有留下有關這件事的預言呢？

我突然想到。

「是嗎？爸爸太愛我了，所以看不到我的悲傷。」

眼淚簌簌流下，心情稍微開朗些。

心想，就靠著這一點開朗，可以支撐我匍匐到明天。

不真實的愛的記憶，都是悲傷痛苦又美麗吧。

「低頭垂淚的時間雖長，但這就是人生。我最難過的是在知道楓就要死了、我們還一起工作時。一低頭，淚珠就滴滴答答落在文件上，跑進廁所哭到快吐，當然被楓看穿了，自己覺得好淒慘，但是每次抬頭，看到人雖活著但已露出死相的楓，又忍不住哭，夜裡也流淚不止，真想叫水電行的人來幫我止漏。我雖然是有職業意識的優秀祕書，但完全不管用。雖然知道惟獨那個時候不能哭。但全都顧不到，只是哭泣。任何安慰都止不住的哭泣。那是最難過的。我這才了解，腦髓液外流的人、蓄膿而流鼻水不止、花粉症、漏尿症的人，肯定都非常難過吧。雖然想停止，卻有更大的力量讓它止不住。」

我想起媽媽的這段話。

我心想，爸爸看到媽媽在哭，會覺得高興。

於是我說，得到別人珍惜的時候，不可能悲傷。

但是媽媽搖頭。

「如果是現在，或許可以笑笑處之，在我已經知道那種悲傷後。」

我的悲傷欲泣和那個情形不同。是更陰暗的悲傷。

雖然去看莎拉有一點點快樂，但是失去了重要的甚麼。

「莎拉。」

「甚麼事？」

莎拉看著我。和小時候沒變的眼睛及手的觸感。在彼此胸部還扁平的時候就已經透過皮膚知道，她那活著領域的全部觸感。

我深刻體會到，那些都已再見了。

已經品嚐不出在這房間喝的茶和咖啡味道，也不會一起看夕陽，大概也不會再相約出遊、坐船遙望遠處的海岬了。

「抱歉，我不能為妳先生的公司效勞。」

我說。

「沒關係，人各有志。我雖然懂一點東西，也萬萬不能到妳爸的公司做事，妳爸就是粗魯，光是在一起，就覺得身體好痛。」

莎拉語氣迅速俐落。因為是已經處理乾淨的感情，所以非常乾脆。

我很想說，你別說我爸爸2壞話，我對你那貪得無饜的老公也受不了。但是沒說。已經沒有說的必要。

只是對她，我還有想法。謝謝妳過去給我的許多幫助，但不感謝妳愛過我，或許今後也不會。大概是我自己在戀愛，把妳當作超越妳本人的碩大存在而依賴。

雖然妳是人，是一樣喜歡男人、想結婚的女人。

但妳出現時的超凡性格太突出，我完全為妳著迷。從今以後，即使分開了，也由衷祝福妳過得很好。過著下雨時有人溫柔遮雨、刮風時有溫暖房間避風那種被呵護的人生。

那是我最後、最後的祈求。

我潸然淚落。頭一低，果然掉淚。

「你不用為我哭泣，因為這是我的人生，而且，我不想碰觸你哭的原因，我會當作沒看見。」

「那麼，我在這裡很礙眼了。我知道，我是妳討厭的那種人。」

「所以愛過妳啊！」

莎拉說。完全過去式。我想，不明白的只有我。

莎拉找到擁有共同價值觀的先生，他們當然也彼此相愛，我變成了妨礙，但她還是設法繼續和我維持關係。在嘗試讓她先生的公司販售我的手環、把爸爸2那裡當做工作室的努力都沒有結果後，她完全死心，這個空間已沒有我存在的價值了。

對她來說，我是無聊時可以同床共枕、全身上下都一清二楚的童年密友。我的位置完全改變了。我怎麼沒發現那麼簡單的事情呢？還以為這棟房子像我的家，真是丟臉。這樣豪華的房子是我一輩子都住不起的，她覺得讓我進來也無所謂。

她不再戴我創作的手環。

她先生不喜歡，說：「戴那種手環，看起來很廉價，像個嬉皮，不適合妳。」當她說：「也沒問我要甚麼款式就買了」、開始戴卡地亞的手鍊時，我為甚麼不敢說我受傷了？

上床時，看著她脫下手鍊放在枕邊，我總是傷心不已。

我曾經孩子氣地說將來有一天會創作精美的鑽石手環，如今確實要朝那個方向前進，但我也長大了，知道這不是為了爭一口氣，也不是為了虛名和金錢，只是想磨練技術，想看看遠方。

縱使我能創作出鑽石手環，她也不會再戴我創作的東西吧。

同樣喜歡慵懶美麗、耽溺委靡的他們夫妻，在這精美的鳥籠中找到安息之地，而我，打開了另一個世界的門。無所謂哪個是好、哪個是壞。或許還會相見，或許不會。這不是我要思考的事情。我只是要活下去。只要活下去，生命流向一定有所改變。就像植物經過幾代榮枯，同一種類還是長出相同種類的葉子、開出相同種類的花一樣，我之所以為我的唯一生命核心，一定只在我的生存之中。

斷然想開後，我站起來。

「我走了。」

一步步靜靜走向玄關。

謝謝妳，這個房間。再見了，總能做出讓我快樂的幸福姿勢的莎拉身體。謝謝妳，或許還在莎拉內心沉睡不起、但確實在那裡、也非常喜歡我的莎拉。

請保重。

平常都會打開一絲門縫、目送我進電梯的莎拉，已經不再開著門。

而我，也從過去的亡魂，從為了坐在她對面、甚麼都願意做而悽慘徘徊的半透明物體，從沒有自己想法、為了和她在一起而扼殺自己感情的可憐奴隸，慢慢回到自己的肉體中。世界霎時變成悲哀的灰色，然後恢復亮麗的色彩。

哇，好美！淚眼模糊中的行道樹也美得悲哀。

我雙手緊握，力量確實回到其中。

我準備留學期間，偶爾會去紀諾的工作室。

一天的結束時，到那家店喝咖啡，等紀諾的工作告一段落後，一起吃晚飯。我們已像家人。他還在處理貓的事情，除了畫他太太，也畫了許多別的畫，總是睡眠不足，留著鬍鬚渣子，不常換衣服，像個落魄的漫畫家，但是眼睛越來越清澈。

他自在地說，不做夢的時候就不必找貓，找貓工作的好處反而是能睡覺。以前那想見到太太而自願留在夢中世界時的樣子，逐漸有所改變。

活下去，延續下去。匍匐前進，再苦也只能依賴自己的想法和練出直覺的健康身體。愛人類，但不依賴人類。

在這個有野貓出沒和無霸勾蜓飛過的巷子，以及蜜蜂、海豚、鯨魚、魚類都可能永遠消失的寂寞世界。

這個人們隨心所欲操弄別人，然後殺死、支解的世界。

但是，要做多少夢都可以。未來還沒決定。

我死的時候，一定要回到那棵諾利樹下的吊床上。縱使這世上有很多更好的地方，那裡仍是我該回去的地方。在諾利樹特有的味道環抱中，在白色果實的許多眼睛守護下。因為知道有那個地方，所以發生任何事情我都不怕。

那裡會有很多蜜蜂繞著諾利樹的白花飛舞。也有許多蝴蝶。襯著藍天背景，翩翩舞動美如夢幻般的翅膀。

我心中滿滿浮現過去所見的美麗光景。鯨魚在海上跳躍。包覆身體似的輕柔海風。潛入海中，海豚擦身而過時的冷硬奇異觸感。海龜在岸邊午睡，我睜開眼，牠也睜開眼，靜靜互望的午後。回響耳畔的激烈潮聲。和塘鵝並肩而坐的米克諾斯石階。曼里克那以藍天為背景、慢慢旋轉如白日夢幻的活動雕塑。和紀諾一起看到的紫色黎明。紅蜻蜓太多而變得太紅的黃昏天空。紀諾的工作室前、一坐下貓便靠攏過來的路邊。大口咀嚼白色魚肉時口腔中炸開的生命之味。

那個夢緩緩升到天空，淡淡覆蓋著世界。

很多人做著那樣的夢，變成微細閃亮的絲，聯繫到未來。那樣就夠了。

這是我唯一會的咒語，雖然很小，但那是人類擁有的最後力量和期望，我並不期待結果，只是仿效而已。

當我死後，一定能在那個世界再和爸爸、外曾祖母，那時或許已不在世上的媽媽、爸爸2和紀諾這些有緣的家人再會。也或許不會，但這樣想，我就不會感到害怕。

當我知道真正恐懼的只是疏忽自己的靈魂時，再也無所畏懼。

「又在打瞌睡啦？一起刷油漆吧。刷完油漆，再去買麵包。」

聽到紀諾的聲音，發現貓咪軟塌塌的躺在我肚子上。

瞇著眼睛、呼呼鼓動腹部的奇異生物。種類雖然不同，但也能和諾利果、石頭一樣，和我分享時間。

「剛才做了很美的夢，感覺像跟爸爸和瑪麗在一起。感覺他們親切看著我。在飄然明亮的地方。」

我說。

「啊，一定是在那裡。那地方的氣氛真好。有被包住的感覺，每個人都淡淡發光。一回到這裡，感覺好沉重。」

紀諾的回應完全不同於一般，我雖然笑著說：

「不要用像是『南國不錯呀，有木瓜，比起來，這裡太冷了』的平常感覺說，那裡是天國，是平常去不到的地方。」

但我感到鬆一口氣。

像是做了惡夢醒來，看見媽媽站在廚房工作的背影時一樣。

像是茫然走在路上、有人拍我肩膀、嚇了一跳、原來是撿到我掉的東西還給我時一樣。

像是看到盛夏泥土乾裂的院子降下傾盆大雨，剛才還奄奄一息的葉子漸漸硬挺起來時一樣。

像是陌生人的嬰兒在電車中緊緊握著我的手指嘻笑時一樣。

打電話給爸爸2，要他借我留學資金，要去補習外語，還要他以保證人的身分幫我簽幾張文件，爸爸2說：

「這種事不是電話上談的吧，得當面低頭拜託啊。我現在在天草帶團賞海豚，你下個禮拜再來，日期會用郵件通知。」

啪，掛掉電話。

爸爸2經營一個由治療師、靈能者、冥想老師和媽媽等擔任講師的工作室，他不是喜歡主辦連續講座、鑑定級別、頒發證照這類名堂，而是限定場地的工作室形式最容易經營。

最近他和天草地區的漁船合作，經常舉辦只是去看海豚的旅行團。

有年輕可愛的女靈能者一起參加旅行，在清晨的海邊一起冥想、觀賞海豚，並給各個團員一點建議，旅程雖輕鬆簡單，但因為在國內，收費便宜，住的又是女性喜歡的精品旅館，所以很受歡迎。爸爸2公司的旅行團有固定的老主顧，他們當然也會鬥氣，但大抵都是好朋友的感覺，對新加入的人也一視同仁，有點像沙龍的氣氛。我偶爾參加，雖然很多怪人，但是可以獲得心靈平靜的空間。

海豚工作室本來想找莎拉，她拒絕後，於是找來那個擁有潛水教練執照的女靈能者。這方面進行得很順利。時間就那樣確實流過。

在天草，禁止和野生海豚一起游泳，爸爸2的夢想便膨脹為帶團去夏威夷或澳洲潛水。他雖然和莎拉翻臉，但還是很在意我，對他來說，我們分手，比談論鬼魂之事好多了，我心裡感到輕鬆些。我到現在才發現，為了我，還想給婚後變成富婆的莎拉新工作的他，也有憨傻的體貼。

爸爸2在工作室中總是年輕女孩圍繞的萬人迷，電話中也聽到他身邊的很多女人笑聲。

那晚，寫了飯店電話和日期的郵件傳來。附註說「帶團結束後要住個好旅館休息，務必過來玩玩。」

我立刻從熊本搭乘螺旋槳小飛機，前往天草。

從空中俯瞰，天草是個寶石般的美麗小島。

學生都回去後，無所事事的爸爸2，租車到機場接我。皮膚曬得好黑，完全像個九州人。

「這太……，再怎麼說……」

我嚇一跳，趕緊用毛巾遮住裸體。

爸爸2拿著兩罐啤酒、下酒的小魚乾和有名的紅豆地瓜餅，一副幹啥大驚小怪的表情，下半身纏著毛巾，一腳跨進房間附設的小露天浴池。我大受驚嚇，他淡淡地說：

「甚麼話？我們是父女，而且，我是同志，妳是假性的蕾絲邊。」

算了，我只好遮住身體，空出位子來。

「這樣遮掩更顯得色情。」

爸爸2說：

「偶爾看到裸體又不會怎樣，因為我完全沒有興趣。我幫妳換過尿布，那邊一清二楚。」

媽媽和爸爸2這種粗魯的地方，我和已過世的爸爸都很不習慣。但是懷念他們的想法總是天真得近乎古怪。我放棄爭辯，身體沉到水下，接過啤酒和紅豆地瓜餅。

「怎麼啦？聽媽媽說，妳想偷偷離開我的公司，結果失敗，也被女人甩了？真有妳的。」

星星清楚可見，水溫適中，空氣平穩清冷。

「語氣會不會太直率了一點？我受傷了耶。」

我說。總覺得爸爸2太直率的說話方式是針對那件事。

「帶團累死了。」

爸爸2說，津津有味嚼著小魚乾。

我和爸爸2的對話都很簡短。我喝著冷啤酒，嚼著地瓜紅豆餅。在外面吃吃喝喝，味道就是不同，特別有趣，這是我們家族的重要常例。也很懷念。

「偷偷離開的說法很過分哦，我是自由的。」

我說。

「天真！通常，受爸爸媽媽照顧的孩子，不會偷偷和別人做生意。如果有這種想法，總有一天，身邊都沒有人了。」

的確，那時候的我還不懂事。

「是啊，對不起。而且，莎拉先生的公司也不賣我的作品。」

「妳才二十多歲，還不算是大人，現在說想要留學，不會是新的男友喜歡，或者想報復那個女的老公，志向變偉大了吧？」

「不是。」

我斬釘截鐵地說：

「只是想一輩子都做現在做的事情，永不厭煩，所以要挑戰更難的領域，增加我能做的東西。」

「這樣的話，是件好事，楓也會這樣說。」

爸爸2說，又嘎嘰嘎嘰嚼著小魚乾，凝望樹籬。他口中說出爸爸的名字時，不像在說死去之人的名字。媽媽也一樣。聲音裡感覺到淡淡的魔法。就像外曾祖母散步時幾次呼喊愛犬的名字那樣，一種名字的魔法。

雜草叢生，不加修剪，也是這家旅館的優點。植物蓬勃生長，瞬間成林，不必圍上假的竹籬笆或做隔間栽植。

各種輕薄素材做成的竹籬笆，春天時突然種上的無根麥門冬，塗上似要融解的釉藥而顯得平滑光亮的器具，沒有溫泉沉澱物的混凝土露天浴池……，雖然也能恰如其分地享受泡湯之樂，但每次看到這些東西時，就有我的錢以十圓、二十圓的小單位被奪走的感覺。

不是昂貴或便宜就好，是要看旅館的人有沒有心。

這家旅館裡有的都是一般生長的植物，心情感到很踏實。

爸爸2出口直率，完全不去想我們都光著身子、四周漆黑、又是父女的這種奇怪狀況，是因為這裡的一切都是開放狀況的緣故吧。在這仰望星月滿天、溫水味道瀰漫的空間。

「這世上有各種價值觀的人存在，那也無所謂，不必去對抗，只要自己的世界不被摧毀就好。但妳這次好像被摧毀了一點吧？這樣，也就知道沒有遺傳到的是甚麼了。」

爸爸2說。

「我真的是小孩子，只希望莎拉說：『我覺得這個人的作品很好。』可是她沒說，實際上也不這麼想吧。我雖然覺得莎拉很酷，但是她和媽媽不一樣。我終究是媽媽的孩子。」

說完，又有點想哭。我還算機智吧。自己都有點訝異。我的這一面不曾對紀諾展現過，也沒有對家人展現過。

我想，是性情的問題。

我在莎拉身上尋求媽媽沒有的沉穩，實際上莎拉不是那麼剛強的人。沒有我的家人那種非常強烈的剛毅。我因此得到治療。因為我的青春時代，外曾祖母、媽媽和爸爸2都剛強直接，我感到刺眼而轉開視線，只能在莎拉的憂鬱微暗中憩息。

「她們都是那種怪女孩，沒辦法。所以我了解妳想追求不同的做作玩意兒的心情。如果她是我媽，我早自殺了。」

「不會吧，你是旗鼓相當呢。我知道有好幾個人被你尖酸刻薄的話語罵得哭著逃跑。」

因為光著身子，我索性回到小孩子的心情說。

「剛開始相處是不容易，但我無所謂。」

爸爸2笑著說。

「感覺對了以後，就不斷被利用了。」

想到爸爸2置身嚴苛企業世界的辛苦，我說：

「不過，沒有爸爸2的話，我和媽媽都沒有和這個世界的接點了。我不曾像現在這樣感謝因為有你，我們才能和世界接軌。從真正的營利世界來看，我和媽媽比鼻屎還沒價值，是沒有意義的存在。我們的想法、引以為傲的事、一切一切。可是，那也沒辦法，因為我們是不同世界的人。我不能說我們好，那樣太偏激了。我們只是毫無拘泥地自在活下去。在不覺得這點很重要的人看來，真的是沒有任何意義。」

「那也是。就是因為很早發現那點，我才這麼打拚。因為支撐有才華的廢人，是我的天職。」

「爸爸也是這樣嗎？」

可能是熱水泡得太久的關係，這時浮現的爸爸影像，彷彿人就在這裡一樣鮮明，令我一驚。

好想再一起到很多地方旅行啊。

即使不能和害羞的爸爸這樣一起泡露天浴池、懇切交談。懷念全家人一起出遊時在好像游泳池的大露天浴池裡吵鬧嬉戲的情景。如果是媽媽，此刻也會毫不猶豫光著身子跳進這個浴池吧。

爸爸2坐在岩石上喝啤酒，點點頭。

「是啊，他不只是眼睛不好，還覺得人很可怕，像個沒有自信的小孩。起初我只是想運用他的才能、成立公司，後來漸漸發現我們很像，覺得這個人不能好好處世，幫幫他也好。唉，真是不簡單。他凡事都挑，這個不能吃，那裡不能去，挑剔一大堆的怪人。本來，工作和生存都不是簡單的事情。」

爸爸2這樣說後，我才發現他一肩承擔了一切。

是他扛起爸爸做不到的部分在外奔波。

和這個或許算是外人的男人一起泡露天浴池，感覺就像在客廳裡休息一樣平常。爸爸2在家裡常常光著身子，惹媽媽生氣。或許喜歡一絲不苟的爸爸死後，他因此能輕鬆過活。他們雖然失去所愛，但也變得輕鬆。因為愛得太深。

「這裡是個好地方，星星美麗，空氣清新，大海豐饒。人們都有點害羞，不會喋喋不休，讓人感覺很舒服。海豚也很多。」

「工作室順利嗎？」

「連冥想老師都笑容燦爛地回去。」

爸爸2說：

「這種好地方，大家光是能來，就很好了，冥想還是其次。」

「什麼話！」

「大家都太嚴肅，沒有契機的話，根本交不到朋友，也無法欣賞海豚，心臟肌肉已脆弱到那種地步。但只要有一個契機，一切都豁然開朗。以為前行無路，但總是有新的展開。即使在做那些事情時生命結束，也比甚麼都不做來得快樂。」

爸爸2語氣一轉，說：

「我泡夠了，要出去了。」

唏哩嘩啦滴著水珠，抬起肌肉結實的屁股，跨出浴池。

我再次覺得，他真是個怪人。但是心裡暖烘烘。和他在一起時總是這樣。

我們平常或許有些偏激，但這個時候一點也不偏激，絲毫沒有用奇怪的眼神看待彼此。

抬眼望處，爸爸2的影子美麗地映在二樓窗戶上。

他是光是在那裡就讓人感到安心的人。

我理解了爸爸有多愛他。

媽媽大概不想知道，也或許真的不明白，但我能夠理解到感動得淚落。爸爸一定不願意比爸爸2晚死吧。真是任性的爸爸。

因為我們大家的孤獨而顯得清淡柔和溫暖的關係。

即使這個世界結束了，那份感觸還是飄然如淡色雲彩般留下吧。

坐上車，我想去特產直銷中心，爸爸2帶我到御領的龜島一帶。買了茶葉、點心和魚糕，並肩坐在堤防上，喝現榨柚子汁。

海水清澈，陽光平靜灑落水面。像夢中見到的天國。

「海豚能賺錢，這裡的人以前做夢也想不到吧。即使這樣，這裡的人依然和海豚感情不錯，真的，太好了。」

爸爸2說：

「我是後來加入的，賺了很多，雖然抱歉，但對雙方都好。」

「你為甚麼每一件事都立刻做出結論，是豁達？還是現實？我真佩服。」

我嘆口氣說。

「我看不開的事情很多。」

沉默半晌後，爸爸2笑說，然後臉色一正，說：

「過去生命中最看不開的，就是妳的存在。」
「對不起啦。」
我總是對爸爸2撒嬌，說話有點不遜。
我以為爸爸2不知道我已經知道自己出生的祕密，其實不然。
「因為，我和媽媽一次也沒做過。」
爸爸2確實這樣說。或許是這裡舒暢的氣候、像隻烏龜趴臥海上的綠色島嶼的滋潤風景，讓他說出本來打算一輩子不告訴我的事。
「我們不可能有孩子吧。想到在我不知道的時候，他們兩個那樣細細商量、也做了幾次，我就無法不離開那個家，獨自在飯店住了很長一段時間。心情好淒慘。明明是我為他們盡心盡力，卻變成我是妨礙者。
「當然，我也好幾次想過要強暴媽媽，或是乾脆殺掉妳，向他們復仇。媽媽那時懷著妳。我是當真的。媽媽察覺後，躲到沖繩的外曾祖母那裡。楓也過了一陣子不自由的獨居生活。大家都有一段煎熬的時光。然後，不知為甚麼，媽媽抱著妳回來，我好驚訝。」

爸爸2侃侃說出可怕的事情。

「那都是真的嗎？」

那是我不知道的過去。

我懂事的時候，大家看到我都是笑嘻嘻的，帶我去度假、吃飯，一起生活。

「我從不說謊，所以才有這麼多敵人和朋友。」

「抱歉，讓你那麼難過。沒有我是不是比較好？」

「沒那回事。沒有妳的人生，不如不要。真的很難想像，我們只因為妳的出生、妳的呼吸，就覺得一切都無所謂了。」

爸爸2果斷地說：

「楓留下了妳，現在，則是妳留下了楓。雖然妳的眼睛、動作、體態、分量，都和那個混蛋女人差不多，但其中也有楓。那如今讓我高興不已。

「我一直很受歡迎，但我深深愛一個人，只有一次，就是妳爸爸楓。但能夠徹底接納我的，妳媽媽是第一個。到現在，說我愛她，也並非言過其實。不行，我不想對那種庸俗的女人用愛這個字眼，改說尊敬吧。

「媽媽和我在一起，不是為了經濟因素，她遺傳那個可怕老太婆的血脈，到哪裡都能自給自足活下去，萬一不行時也可以出賣身體吧。跟著我一點好處也沒有，所以，我認為她是打從心底喜歡我的。」

「那是。」

好久沒聽到的爸爸2的尖酸刻薄話語，嗆辣得我很想建議他「稍微考慮一下說法吧」。對家人特別不需要顧慮，難怪用語更毒。

不過，看著天草峽灣透明水中活蹦亂跳的小魚，這番話聽起來像搖籃曲一樣溫柔。沒錯，爸爸2真的很溫柔。沒有比他更溫柔的人了。這裡的風景彷彿在說明他的大度、溫柔、清爽與真誠。我再次體認紀諾的話，眼中看到的，表現了一切。

「我曾有過和現在非常相似的體驗。媽媽被那個只看女人美醜、長得很像

（《哆啦A夢》裡的）大雄的傢伙狠狠甩了，讓我來說的話，那傢伙只擅長做愛、照顧植物自以為是。所以我帶她去台灣散心。

「那時的媽媽就像現在的妳一樣受傷。媽媽也傻。她對植物的才能，不是那個傢伙能比的。卻被那一點點知性氣息給矇騙了。真的，女人是以子宮來思考。

「媽媽受傷時，像個傻瓜張著大嘴在沙發上打瞌睡，就連不可能有超能力的我，也看到閃亮的小光點來撫慰媽媽。我想那是仙人掌精靈吧。其實，每個人都受到不同的東西愛護支持，卻老是充滿自己的小小煩惱。人啊，真是浪費的東西。」

爸爸2說：

「徹底喜歡某個人，就會受傷。我也受傷了。傷痛到想死。心想這輩子都不要再和媽媽及楓有牽連。可是楓很有耐心，不斷跟我解釋，最重要的是有了妳。

「我下不了決心，楓說服我不知所措而醜陋泥濘的心，我抱著若再被騙還受得了嗎的嚴密心防，初次面對妳。媽媽突然把脖子還撐不住、雪白柔軟的妳交給可能殺了妳的我。

「只有那個女人做得出來那種奇怪的策略。她賭妳的命，回到我們身邊。那時，一切都無法預測。摧毀、破壞的可能性真的有一半。我的精神狀態是那麼慘淡，很不好。

「但是，我像傻瓜那樣喜歡妳……，當然，我的心結並未消失。但真實的妳比想像中的妳更白更亮，很吵，需要照顧，笑瞇瞇的，一雙小手抓住我，把我當成原本就在那裡般理所當然、不能不在的好人。我為妳心軟了，想和妳一起生活，不想離開，於是又回到他們身邊，和楓重新和好。我們還留著一些彆扭和小小的心結，想法也奇怪。但終究都在時間中融化，變成新的形式。媽媽果然了解我是這樣單純。」

「想像得到。」

我說。然後心裡在想，或許那時被那樣難過的爸爸2殺了也沒關係。

「通常，女人啊，就是那個私通大雄的女人也一樣，只想和自己喜歡的男人共築愛巢，那是本能。媽媽絕對也是這樣。是她真正的心聲。因為現在她還會說：『只要沒有你，楓就是我的了』，毫不掩飾。

「因此，我有心理準備，會被他們漸漸疏遠趕出去。可是媽媽不一樣。她不是一般女人。她有源自內心的美善。擁有能夠決定事務的強悍和從容。或許，母親都是這樣。

「媽媽不曾冷淡我，她一心決定，既然有了孩子，就把楓還給我，然後回到單純的助理位置。

「我們的生活漸漸恢復以往，只是增加了可愛的妳。我感到困惑，也有懷疑。總是放低身段，防備再次而來的可怕寂寞。

「你大概不了解男同性戀者的社會情結吧？

「有男人和女人，也有小孩。好幾次不知怎麼想的，總認為被趕走的一定是我。

「可是，楓當然沒變，媽媽更是沒變。那種情形像一塊鐵板。當然到現在也沒變。媽媽知道如果她不在，我就完全毀了。所以，即使交了幾次年輕的男友，也不說離婚。楓死的時候，我和媽媽都永遠失去了人生，兩個人變成好像一個強烈悲傷的生物。」

拂過海面的風非常輕柔，四周布滿初生的清光。

「這裡的人擁有最適合建造墳墓的一等地。那個可以看海、陽光充足的小山上都是墳墓。你知道嗎？他們每天感謝先祖，讓他們心情愉快，輕鬆掃墓，和先祖說話……，自己的心也因此永保清明。

「我們也把楓的墳墓建在心中這樣的地方。

「如果東京有這樣的地方會怎樣？立刻遷墳挖墓，改建房子吧。或許，這個世上很快就只剩下這種心態的傢伙了。這種心態的傢伙生於有這種心態傢伙的貧窮世界，也死於其中，那是他本人的問題，也無所謂。但是，不是這種心態的人，就感到有點孤獨了。所以，我雖然覺得無聊，還是帶著一上船就臉色發白、吐得七葷八素的不中用傢伙出海看海豚，協助他們在大樹下發呆冥想。那些心中有謙虛的人、不敢大聲說話的高尚木訥之人，被金錢力量打敗而受傷，太可憐了。若有一點適當的工具幫助，或許他們比較容易生存下去。

「一定有像我們這樣生活無聊的人，看到我們適度謀生，將拚命賺錢置之度外，和海豚同遊，對花錢來玩的顧客不爽時就明白說不爽，就會對我們的生活選項之廣而感動，覺得留在這個世上還是不錯吧。光是海裡有海豚，就值得高興了。院子裡隨便灑些米粒，就有各種小鳥飛來，讓人擁有餘裕去玩味那種四目相對的怪異舒暢心情。

「媽媽和我一樣，每天都去探望建在心中最美麗地方的楓的墳墓。每次去到那裡，媽媽都在。我和媽媽真的四目相對。妳不同。妳是楓的一部分，光是活著，就讓我們感覺和楓在一起。我們是外人，所以每次和媽媽四目相對時，彼此都想，啊，這個人也在，真好。雖然我們死的時候不會那樣說。反正，就是同在一處的感覺。」

爸爸2落寞地微笑。

他不知何時添了一些皺紋，手也近似老爺爺的手。我向龜島祈求，我珍愛的父親啊，要健康長壽。

「所以，妳就往前走吧。忘掉已經分手的戀人。活在謊言中，身心都不對勁。應該沒有那種時間了。想想楓。那樣辛苦地生存到最後，根本沒有時間用在悲傷上。

「沒有人會出賣背叛誰，也沒有人不好。只是時間過去了，改變了那個人的思考方向。那個非常討厭的輕佻女孩長大後，依照她的本質，選擇和妳不同的人生，僅此而已。

「今天只看到今天的光，全力鼓動身心，好好活下去。

「要珍惜妳得自楓的寶貴生命。我只期待妳這一點。靠玩具手環發財、品行如何不端，我都無所謂。不想結婚生子傳宗接代也行，我老了不照顧我也完全沒問題。和那個看見鬼魂的女孩一起墮入地獄、瘋得不成人樣都行。雖然我認為她不會纏著妳墮入地獄。即使是那種感覺也沒關係，我只希望妳活下去。」

「那不是玩具啦。」

我小聲說。

「這世上多的是販售千萬珠寶的店，你有讓他們一家家開門接受的作品嗎？像坐在豪華椅子上要他們拿出寶石那樣。

「想到那個，我們那家店就是玩具店了。目標是路過的觀光客。當然，它還是有它的效用，也有老顧客，你的品味也很好。只是保持這種素材不變，就只是針對少數人的特產店而已。楓常指摘我這種貪婪的想法。他常說，不是甚麼都要更大、更深、更昂貴就好。人生短暫，找到自己待得舒服的地方，專心弄乾淨比較好。這一點，媽媽和楓的價值觀完全一樣，我稍微不同。如果放任楓和媽媽不管，你會餓死。他們也知道，幸好有我在。

「我以前更有野心，想讓楓上電視，想賺更多錢，讓楓的生活輕鬆舒適。想請世上最好的醫生治療他，將家中全部電動化，讓他即使眼睛看不見也能輕鬆生活。可是楓說，保持現況就好，現在這樣最幸福。如今，我到了這個年齡，在這個好地方，過著即使一輩子做不成在地人、他們依然親切相待、每天和海豚同遊、吃美味食物、泡舒服溫泉的生活後，開始有點了解楓的那些話了。楓不強求任何事情，真的很好。」

爸爸2繼續說：

「可是，我的向上提升志向和妳去留學是兩回事。我知道以妳的生活風格，最適合賣首飾給嬉皮，但妳遺傳了楓的品味，世間也有所需求。媽媽是山裡長大的粗俗女人，完全沒有藝術品味，總是穿著奇裝異服，家裡裝潢也亂七八糟，但是妳有藝術的品味，為了楓，栽培妳也好。

「如果店裡來了『我希望用鑽石、海藍寶石和紅寶石製作』的客人，如果做不到，會是專業的遺憾吧？米克諾斯一大堆這樣的有錢人。要走這條路，採購原石的途徑就和過去不同，也需要門路。年輕時學會最好。」

「爸爸2，謝謝你。」

在爸爸後面加上2，只有這時感到有點難過。

爸爸2的肩膀在說，不論經過多久，我永遠是第二位，那樣就好。他在這平靜的海、美麗地形眷顧的地方工作。這塊土地的美麗光芒溫柔地包圍著他。

海水搖晃出美麗的波紋，腳邊有無數的貝殼蠕動。貝殼上長滿海藻，石蓴飄搖，閃著半透明的綠光。一切都活著，面對這樣的海，體內的細胞彷彿都甦醒過來。

「時間到了，走吧？」

爸爸2說。

我拍掉沙子，站起來。

港口在距離不遠的二江一帶。坐上小漁船出發時，爸爸2對船長說「是我女兒」。船長只是靦腆微笑。那種感覺很深刻，我心下一驚。東京以前也有很多這樣謙虛的歐吉桑吧。

我好奇那像遙控器的小操縱桿，能把這艘船開到外海嗎……？小船熟練地立刻出航，快速航向通詞島，很快就看到成群的東海豚。

不知是人觀賞海豚呢？還是海豚觀賞人類？停泊幾艘小船的海上，海豚不時露臉，好幾隻緩緩在相同的角度和時機露出背脊又沉下去，或是親子同遊，偶爾瞥我們這邊一眼，或是和小船並行，敏捷移動，潛入深處，悠遊各種玩法。此刻，我們和穿梭粼粼波光間、再嚴寒酷暑的海中都能生存的生物，共有相同的時間。

好像在夢中。

生態完全不同的生物這樣快樂地群聚同遊，而且就在身邊。

海浪平靜，拋在船後的港口和周圍的綠色景色合宜，非常美麗。

或許，這個世界只是一再重複這樣的事。活著的生物飄然又緊密地在某個地方相連、牽扯、在一個碩大的容器中漂浮。

既然是這樣，就沒有甚麼好怕的了。一起來玩吧！感覺海豚閃著滑溜溜的光澤跟我說。

爸爸2已經來過好幾次，還是像小孩一樣興奮，身體探出船舷，拚命向海豚揮手，惹得船上其他人笑他。

有這樣的家人真好！想到這裡，也因為被太多的海豚氣勢壓倒，變得心虛起來，眼眶緩緩滲出淚水。

爸爸2回過頭來，看到一驚，摟著我的肩膀，說：

「感動了！還是因為失戀而哭？去吃奴壽司吧！好吃極了。芥末還會再讓妳掉淚。因為芥末流淚也好。不然，去志岐八幡宮拜拜、驅邪除祟吧？整個人會暢快起來。」

聲音超級大到我羞得想跳進海裡。

海豚嘈雜交談，船長默默苦笑，我淚中帶笑，無法形容的奇異氛圍在海上展開。

我是不是耽誤了甚麼？必須做個決定了。在海風、浪頭、心情、遠處的熱鬧綠意和港口的船都均衡移動的世界中，我覺得自己像個傻瓜。明明沒有欠缺甚麼卻心思狹隘而愁眉苦臉的心情也放鬆了。

「上次帶媽媽去吃奴壽司的蔬菜壽司，媽媽氣瘋了，說討厭蔬菜壽司，我倒覺得蔬菜壽司好吃，你呢？」

爸爸2提出無聊的問題。

「我對蔬菜壽司有興趣，不過，既然來到這裡，還是想多吃天領和墨魚，蔬菜壽司只叫一份平分吧？」

我很認真地回答。

平分嗎？好啊，吃一半也不錯。爸爸2背對著海豚嘀咕。

一切都是值得一看的寶貝。

真好，一切都好，我的視野漸漸擴大。視野擴大時眼睛不能用力，因為一用力想看，視野反而變窄了。輕柔茫然地望去，藍天、爸爸2、悠哉的船長、海豚、高山大海的亮麗色彩、連遠處港邊走動的人影，都在我周圍鮮明移動。

我想，只要自己活動時，身邊的一切也在活動，那就是一切。小船要去找尋新的海豚群，再度啟動。迎著強風破浪前進中，浮現腦海的，是非常愉快的想法。

後記

今後，難過的時代還會持續一段時間吧。

如果不能相信直覺與本能、不斷保持自我，生存可能很困難。

我希望在那個時候，這本小說能像有點功能的工具般貼近讀者。不需要模仿他們的奇妙生活型態，只要理解他們隨著自然不斷搖擺的心。

「王國」系列是我生命中最寶貴時期的作品。雖有辛苦，但是我愛這些人。

這也是如今雙眼已壞的父親在他視力還勉強能看時閱讀的最後一本小說。我想，父親一生都不會忘記他以心眼看到的書中景色。

寫《活在地球》一書的艾莉西亞·貝·羅蕾，是我從小仰慕的人。一直希望有一天我也能像她那樣在森林中生活，可惜沒有，我成為作家，還住在東京。

可是，我的心一直留在那個時代中。

當我見到艾莉西亞，突然聽到她說「幫你畫封面也行」時，驚喜得說不出話來。心想這不是做夢吧？

沒有人比她更適合畫這本小說了。

她的畫為這本小說施展了最美麗的魔法[1]。謝謝妳。

這本書是在和朋友旅行時、哭哭笑笑之中完成的。總是結伴同遊的Giorgio、拓司、小敏、裕子、小伊、前田君、Risappii，謝謝你們。也謝謝我的先生和兒子。

總是要謝謝新潮社的加藤木禮先生和古浦郁君。如果沒有你們，沒有方向感的我不可能出遊。也謝謝去天草取材時打點一切的石關善次郎先生和志岐八幡宮的宮崎國忠先生。

同時，也對參與本書的所有同仁、芭娜娜事務所的高田好子、長谷川早苗、新潮社的矢野優、齋藤曉子、望月玲子致謝。謝謝你們的支持。

二〇一〇年春
吉本芭娜娜

1 此處指日文版書封。

藍小說 852

王國 vol.4 另一個世界（紀念新版）

作　　者—吉本芭娜娜
譯　　者—陳寶蓮
編　　輯—黃子萍
封面圖像—霧室
內頁排版—芯澤有限公司

總 編 輯—嘉世強
董 事 長—趙政岷
出 版 者—時報文化出版企業股份有限公司
108019臺北市和平西路三段二四〇號三樓
發行專線—（〇二）二三〇六六八四二
讀者服務專線—〇八〇〇二三一七〇五・（〇二）二三〇四七一〇三
讀者服務傳真—（〇二）二三〇四六八五八
郵撥—一九三四四七二四時報文化出版公司
信箱—（一〇八九九）臺北華江橋郵局第九九信箱

時報悅讀網—http://www.readingtimes.com.tw
電子郵件信箱—liter@readingtimes.com.tw
法律顧問—理律法律事務所　陳長文律師、李念祖律師
印　　刷—勁達印刷有限公司
二版一刷—二〇二三年十二月二十二日
定　　價—新臺幣三二〇元
（缺頁或破損的書，請寄回更換）

時報文化出版公司成立於一九七五年，
並於一九九九年股票上櫃公開發行，於二〇〇八年脫離中時集團非屬旺中，
以「尊重智慧與創意的文化事業」為信念。

王國 vol.4 另一個世界 / 吉本芭娜娜作 ; 陳寶蓮譯. -- 二版. -- 臺北市
: 時報文化出版企業股份有限公司, 2023.12
面；　公分. -- (藍小說 ; 852)
ISBN 978-626-374-645-9 (平裝)

861.57　　112019422

ISBN 978-626-374-645-9
Printed in Taiwan